Klaas van Assen
Hesters Geheimnis

Klaas van Assen
Hesters Geheimnis

mit Bildern von Marit Törnqvist

aus dem Niederländischen
von Rolf Erdorf

Nagel & Kimche

Die Übersetzung aus dem Niederländischen wurde freundlicherweise von dem Nederlands Literair Produktie- en Vertalingenfonds unterstützt.

Copyright text © 1994 by Klaas van Assen
Copyright illustrations © 1994 by Marit Törnqvist
Amsterdam, Em. Querido's Uitgeverij B.V.
Der Titel der Originalausgabe lautet: Een verhaal voor Hizzel
Berechtigte Übersetzung aus dem Niederländischen von Rolf Erdorf

Alle Rechte der deutschsprachigen Ausgabe vorbehalten
© 1996 Verlag Nagel & Kimche AG, Zürich/Frauenfeld
Alle Rechte der Verbreitung, auch durch Film, Funk und Fernsehen, fotomechanische Wiedergabe, Tonträger jeder Art und auszugsweisen Nachdruck, sind vorbehalten
Umschlag und Innenillustrationen von Marit Törnqvist
ISBN 3-312-00794-1

Für Hester

I

Eine halbe Nacht und einen Tag lang war sie schon unterwegs. Zuerst war sie gerannt und dabei im Dunkeln über die ungleichen Steine gestolpert, mit denen die schmalen Straßen des Dorfes gepflastert waren. Viel später, als die Sonne aufging und das Dorf hinter ihr in den Fetzen des Morgennebels verschwand, hatte sie ihren Schritt verlangsamt.

Jetzt war sie müde.

Sie mußte vom Weg ab, einen sicheren Ort finden. Einen Ort, an dem der Puppenmann sie keinesfalls entdecken würde. Denn suchen würde er sie, da war sie sich sicher. Wie oft hatte er nicht gesagt: «Du bist mein, und du bleibst mein. Denke bloß nicht, daß ich dich eines Tages gehen lasse!»

Der schmale Waldweg unter ihren Füßen war ausgehöhlt vom Regen und von den Menschen. Es war der einzige Weg durch den Wald, und er lag viel tiefer als der Boden zu beiden Seiten, der von den Bäumen festgehalten wurde.

Sie mußte vom Weg ab. Sie hielt inne und horchte, ob sie die Schellen schon hörte; die an dem Schrank, den er auf dem Rücken trug. Die drei Schellen unter dem kupfernen Bogen, der sich über den Schrank wölbte. Den Kindern gefielen die Schellen. Die Kinder fanden auch ihn lustig.

Sie dagegen verfluchte diese Schellen. Nie wieder wollte sie sie hören!

Einen Fuß vor den anderen, und weiter. Weitergehen und nie wieder zurück!

Aus der Erdböschung, die den Hohlweg säumte, traten die Wurzeln der Bäume hervor und wanden sich über den Weg. Manchmal gruben sie sich auf der anderen Seite wieder ins Erdreich.

Wie Schlangen waren sie, wie die Freunde der Schlangenfrau, deren samtige Leiber sich ebenfalls wanden und krümmten, nur daß diese Schlangen hier sich in der Erde versteckten.

Die Freunde der Schlangenfrau. Diesmal hatte sie sie ausgiebig beobachten können … Der Puppenmann hatte den Schrank vom Rücken genommen und die Bühne neben dem Zelt der Schlangenfrau aufgebaut. Durch das Loch in der Bühnenwand hatte sie die Schlangen gesehen. Nein, er wußte nicht, daß sie sich an ihrem Platz ein Guckloch gemacht hatte.

Sie kletterte über eine dicke Baumwurzel. Sie mußte vom Weg ab, denn es dämmerte bereits. Die Sonne hing tief zwischen dem Laub des Buchenwaldes. Funkelndes Licht huschte über den Weg und ließ es jetzt wirklich so aussehen, als ob die Wurzeln lebten.

Ihre Gedanken bewegten sich weiter, genau wie ihre Füße auf dem Waldweg. Die Schlangenfrau streichelte ihre Freunde jedesmal, wenn sie etwas richtig gemacht hatten, jedesmal! Und dann blinzelten die Schlangen, und ihre Zungen lachten. Die Schlangenfrau mochte ihre Freunde. Der Puppenmann nicht, der hatte niemanden lieb.

Er würde kommen. Er würde sie zu finden wissen.

Sie stolperte und fiel. Sie schlug mit dem Kopf gegen einen Stein, doch das spürte sie kaum.

Herunter vom Weg, und zwar sofort! Der Weg, das war viel zu einfach. Der Weg war gefährlich.

Sie langte nach einem Strauch, zog sich daran die Wegböschung hinauf und rannte hinein in den Wald.

Krähen flogen kreischend auf. Ein Zweig peitschte ihr übers Gesicht. Sie achtete nicht darauf. Sie rannte, bis sie nicht mehr wußte, wo sich der Weg befand.

Achtung! Da, der Baum. Was war das? Unten am Stamm einer großen Rotbuche gähnte ein schwarzes Loch. Sie sprang hinein. Es war tief. So ein Glück, das Loch war breit und tief, und der Wind hatte eine dicke Schicht Herbstlaub hereingeweht.

Ein Bett, ganz für sie allein! Auf die Blätter ausgestreckt, schloß sie für einen Moment die Augen, nur für einen Moment. Dann schrak sie wieder hoch und lauschte. Waren das die Schellen?

Vorsichtig kroch sie an der Höhlenwand hoch und streckte den Kopf hinaus. Nein, bestimmt hatte sie es sich bloß eingebildet. Hier würde er sie doch niemals finden?

Sie mußte schlafen, sich ausruhen. Doch zuerst ... Diesmal kletterte sie ganz aus der Höhle hinaus und machte sich auf die Suche. Sie suchte einen Zweig mit roten Blättern, wie sie die Buche hatte.

«Direkt bei meiner Höhle darf ich natürlich keinen Zweig abreißen», sagte sie laut zu sich, «das würde auffallen.» Sie erschrak vor ihrer eigenen Stimme. Sie mußte etwas finden, und zwar schnell. Es war schon fast dunkel.

Hinter ein paar hohen Bäumen erblickte sie ein rötliches Gebüsch. Sie rannte hin und zog an einem der unteren Zweige.

Hin und her, hin und her. Sie zerrte mit ihrem ganzen Gewicht, bis sie mitsamt dem Zweig auf den Rücken purzelte.

Den Zweig pflanzte sie vor den Eingang der Höhle, ein wenig schräg, so daß sie selbst noch daran vorbeikriechen konnte. Jetzt konnte niemand mehr sehen, daß dort eine Tierhöhle war. Sie kroch hinein, legte sich hin und schloß die Augen. Morgen würde sie ...

2

Still über den Buchen hing der Mond. Ein Vollmond in klarer Nacht, am Himmel waren nur wenige Wolken.

Der Mond beschien den Wald und den Dorfturm in der Ferne. Die Häuser des Dorfes hatten sich im Schatten einer Wolke versteckt. Man sah lediglich hier und da eine Straßenlaterne, die mit ihrem Ölflämmchen einen kleinen gelben Punkt in die Finsternis stach.

Das Mondlicht strich über den Waldweg. Etwas bewegte sich, ein gelbes Aufleuchten über einem dunklen Etwas. Das Mondlicht bewegte sich tanzend dorthin, konnte die Gestalt aber nicht erreichen. Als hätte das, was da vorbeischlurfte, sich in eine dunkle Wolke gehüllt.

«Ding, dingeding», bimmelte es auf dem Waldweg, und die Gestalt verschwand unter den Laubkronen.

Das Mondlicht zog über das Blätterdach des Waldes. Fahlgrüne und fahlbraune Flecken zeigten, wo man bei Tageslicht die Wipfel der Bäume sehen würde, und schwarze Tupfer, wo die Krähen ihre Nester gebaut hatten. Die blinzelten mit einem Auge, wenn das Mondlicht über sie hinwegfuhr. Krähen fürchten sich nicht vor dem Mond.

Bei einem großen dunkelbraunen Fleck blieb das Mondlicht hängen. Das war die hohe Rotbuche. Zu

ihren **Füß**en lag ein Zweig. An diesem Zweig entlang **kroch** das Mondlicht bis in die Höhle.

Hester schlief.

Hester, so hieß sie; so hatte sie sich selbst genannt. Und der Name, den man sich selber gibt, ist der beste.

Der Puppenmann hatte sie immer «Häkchen B» genannt, weil sie an dem zweiten Häkchen hing. Der Puppenmann hängte alle seine Puppen an Häkchen auf, wenn er sie nicht brauchte. Auch die lebenden Puppen. Hester hatte ihr ganzes Leben hindurch an einem Häkchen gehangen.

Das Mondlicht streichelte ihr über Arme und Beine, über die Schnurenden, die an ihnen befestigt waren. Die Schnüre waren zerfasert, als hätte eine Maus sie durchgenagt.

Häkchen B genannt zu werden war Hester schon immer verhaßt gewesen. Deshalb hatte sie sich eines Abends ganz allein ihren Namen ausgedacht. Wie so oft hatte sie an ihrem Platz im Schrank gehangen und durch ihr Guckloch hinaus in die Nacht gespäht. Und als dann eine Sternschnuppe fiel, war ihr «Hester» in den Sinn gekommen, nach dem Geräusch fallender Sterne. Sie wußte, daß Sternschnuppen nur von sehr kurzer Dauer sind, aber Hester wollte auch nicht unbedingt einen langen Namen.

Es war still im Wald. Ein letztes Mal strich das Mondlicht über die Puppe, so als wolle es sie zudecken. Als wolle es, daß gute Träume sie trösteten.

Danach glitt es hinaus und beschien in dieser Nacht nicht einmal mehr den Eingang der Höhle. Niemand bemerkte das Loch hinter dem Zweig, und außer dem Mond wußte keiner, daß eine Puppe, die leben wollte, dort unter der Rotbuche in der Höhle lag und schlief.

Als Hester aufwachte, war bereits heller Tag. Die Bäume hatten ihre Blätter schon der Sonne zugewandt, und die Krähen waren emsig mit den Dingen beschäftigt, die Krähen so tun.

Still sah Hester sich in der Höhle um. Halbdunkel

herrschte darin, aber sie war an wenig Licht gewöhnt. Im Schrank war es ja fast immer dunkel gewesen. Wenn der Puppenschrank zugeklappt war und auf des Puppenmanns Rücken hing, war es dunkel darin und eng, und nur ihr kleines Guckloch bewirkte, daß noch etwas Licht und Luft ins Innere drangen.

Verglichen mit dem Schrank war es sehr hell in der Höhle, und es roch gut in ihr, nach Wald und Blättern und krumiger Erde. Ein bißchen roch es auch nach Tier, als hätte eine ganze Familie kleiner Pelzwesen hier gewohnt. Und nachts hatten bestimmt alle dicht aneinandergeschmiegt zusammengelegen.

Im Schrank roch es immer nach dem Puppenmann. Wie hätte es anders sein können? Entweder trug er den Schrank auf dem Rücken, oder er spielte darin mit den Puppen. Es roch dort nach dem, was er gegessen und was er getrunken hatte.

Davonlaufen, endlich hatte sie es getan. «Frei sein», sagte sie leise, «endlich frei.» Aber es klang fremd, als wäre es nicht ganz die Wahrheit.

Sie richtete sich etwas auf und ließ ihren Blick schweifen. Die Höhle war groß. In ihr hatten bestimmt keine kleinen Tiere gewohnt. Ein schräger, gebogener Tunnel führte vom Eingang herunter zu dem blätterbedeckten Boden, auf dem sie saß. Hier und da waren die Wurzeln des Baumes zu sehen, unter dem die Höhle gegraben war. Hinten in der Höhle war ein dunkles Loch.

Gab es da vielleicht noch einen Gang? Sie stand auf und schlich zu der Öffnung. Vorsichtig spähte sie durch das Loch. Ob da ein Tier saß? Vielleicht das, welches das Loch gegraben hatte?

Es war eine zweite Höhle, und zwar völlig leer! Hester kroch hinein. Die Höhle war groß und vollkommen rund und hatte schöne, glatte Wände. Oben konnte man ganz dünne Wurzeln sehen, die hielten den Sand fest und bewirkten, daß die große Höhle nicht einstürzte. Und da, über ihr, fiel Licht durch einen engen Gang.

«Ein eigenes Zuhause», sagte Hester, «ein eigenes Zuhause mit zwei Zimmern und wohlbehütet unter der Erde!»

Plötzlich verdunkelte sich die Höhle. Hester hörte Geraschel. Sie sprang zurück und drückte sich

gegen eine Wand, versuchte in der Wand zu verschwinden. Was war das? Kam da irgendwer zu ihr herein?

Ein Kratzen war zu hören, dann fiel wieder etwas Licht ein, und Hester sah eine lange, spitze Schnauze, die aus dem Gang lugte.

«Maus», flüsterte Hester, «ist das deine Tür? Hast du das Licht ausgemacht?»

Die Maus huschte herein und setzte sich ans andere Ende der Höhle. Von dort aus starrte sie Hester an.

«Hier ist Platz genug», sagte Hester, «wir können hier gut zu zweit wohnen.»

Die Maus schlug mit ihrem Schwanz.

«Ich werde dich bestimmt nicht auffressen», sagte Hester. «Ich brauche überhaupt nicht zu essen. Ich bin eine lebende Puppe. Hast du noch nie eine lebende Puppe gesehen?»

Die Maus wandte sich ab, behielt Hester aber über die Schulter hinweg im Auge. Ihr Blick war weder böse noch freundlich.

«Ich bin davongelaufen», sagte Hester. «Ich habe niemanden, und ich kann nirgendwohin. Aber irgendwo muß ich schließlich wohnen. Das verstehst du doch?»

Die Maus fing an, ihren Schwanz zu putzen. Nach jedem Lecken warf sie einen raschen Blick auf Hester, als befürchtete sie, diese könnte sich in eine Katze verwandeln, sobald sie einen Moment lang nicht achtgab.

«Ich muß mich verstecken», sagte Hester, «sonst kommt der Puppenmann und holt mich. Ich will nicht mehr in den Schrank! Das verstehst du doch?»

Ganz vorsichtig tat sie einen Schritt auf die Maus zu und drehte sich langsam einmal im Kreis. «Da, schau nur gut her, so sehe ich aus, und ich tue dir bestimmt nichts. Ich tue niemandem etwas.»

Der Schwanz war sauber, und die Maus machte sich an eine ihrer Vorderpfoten. Ihre Schnurrhaare zitterten.

«Also», sagte Hester: «Du wirst dich an mich gewöhnen müssen, ich bleibe nämlich vorläufig hier. Vielleicht bleibe ich auch für immer. Aber jetzt will ich nach draußen, ich habe noch schrecklich viel zu tun heute.»

3

In der Herberge «Zu den zwei Kastanien» standen an diesem Morgen die Türen schon weit offen, und auch die schweren Vorhänge vor den kleinen, runden Fenstern waren zur Seite gezogen.

«Meine Güte», sagte der Wirt, «hört doch endlich auf damit! Was ist denn schon so eine Puppe für Euch! Trinkt Euer Bier und seht Euch einmal um! Es ist ein wundervoller Tag. Ein Tag, an dem man tanzen und singen möchte!»

Er drehte sich um und kehrte seinem einzigen Gast den Rücken. Dieser war ein großer Mann, der etwas zusammengesunken auf einem Hocker saß. Er hatte seinen dunkelblauen Umhang nicht an einen der Haken neben der Tür gehängt, und auch seinen großen schwarzen Filzhut hatte er aufbehalten. Den ganzen Morgen saß er schon da und trank, und doch hatte der Wirt ihm nicht einmal ins Gesicht sehen können.

Mit einem Tuch begann der Wirt die Gläser, die über dem Schanktisch aufgereiht waren, zu polieren. Nicht, daß das nötig gewesen wäre, denn alles in der Herberge glänzte einem nur so entgegen.

Der Mann knallte seinen fast leeren Bierhumpen auf den Schanktisch. «Einfach davongelaufen!» knurrte er und schlug dabei auf den großen Kasten neben ihm, daß die drei kupfernen Schellen klingelten.

«Aah, Maestro, Musik!» rief eine fröhliche Stimme von der offenstehenden Türe her.

Überrascht drehte der Schankwirt sich um. «Jocriss! Was machst du denn hier? Wir hatten noch nicht mit dir gerechnet!» Er kam hinter dem Tresen hervor und ging mit ausgestreckten Armen auf den Ankömmling zu. Seine Miene glänzte noch mehr als das polierte Glas, das er selbstvergessen in der Hand hielt.

«Ich komme und gehe, wann ich will», meinte Jocriss lachend und schlug beide Arme um den Wirt. «Der heutige Tag schien mir zum Kommen genau der rechte. Der Sommer geht seinem Ende zu.»

«Wie wahr, wie wahr», entgegnete der Wirt. Er trat einen Schritt zurück und hielt nachdenklich sein Glas in die Höhe.

«Sauber, klar und glänzend», sagte Jocriss. «Ein fröhliches Glas, Karel, wie immer.»

«Und jetzt, wo du da bist, wird meine ganze Herberge wieder fröhlich sein!» rief der Wirt. Plötzlich wurde sein Gesicht unruhig: «Du bleibst doch, nicht wahr?»

«Zunächst einmal bleibe ich, wenn du mich haben willst», sagte Jocriss.

Der Wirt sah von seinem Glas zu der großen Kochstelle, die die linke Wand der Schankstube in Beschlag nahm. Der Kamin war so groß, daß man ein ganzes Schwein am Spieß darin hätte braten können. Aber jetzt brannte natürlich kein Feuer.

«Bier», sagte der Mann am Tresen, «ich will Bier!»

Plötzlich holte der Schankwirt weit aus und warf das Glas gegen die verräucherte steinerne Rückwand der Feuerstelle. Ein Klirren erfüllte den Schankraum. «Scherben bringen Glück! Wenn du kommst, ist immer ein guter Tag.» Er drehte sich um und brüllte: «Katerina!»

«Bier», wiederholte der Mann und schlug mit seinem Humpen auf den Tresen.

Aus einer Seitentür trat die Wirtsfrau ein. Lachend ging sie auf Jocriss zu. «Der jährliche Scherbenregen», sagte sie. «Unser Jocriss ist wieder da. Wie rasch doch die Zeit vergeht! Laß dich einmal ansehen.»

Jocriss drehte sich auf dem Absatz herum und ließ sich bewundern: Er war weder alt noch jung und besaß ein ganz gewöhnliches Gesicht. Um die Augen hatte er Fältchen, die aussahen, als würde er oft in die Sonne blicken. Er trug einen Anzug in allerlei grünen und gelben Farben. Stark sah er aus und geschmeidig, wie ein guter Tänzer – wenn man einmal von seinem Rücken absah. Seine eine Schulter war etwas höher als die andere, und auf seinem Rücken wölbte sich ein großer, schiefer Buckel.

«Du hast dich überhaupt nicht verändert», bemerkte Katerina. «Nur könnte man meinen, daß du mit jedem Jahr jünger wirst.»

Jocriss machte eine tiefe Verbeugung. «Euer Narr und Possenmacher, Madame! Zu Ihren Diensten!»

«Akrobat und Geschichtenerzähler, wolltest du sagen», verbesserte ihn der Wirt.

Der Mann am Tresen drehte sich etwas zur Seite. «Seid ihr jetzt endlich fertig mit dem Krüppel dort? Ich will mein Bier!» Er fluchte.

Jocriss sprang hinter den Tresen und zapfte mit raschen, sicheren Bewegungen ein Bier. Er schob dem Mann den Humpen zu und bückte sich ein wenig, so daß seine Augen auf einer Höhe mit der Krempe des schwarzen Filzhutes waren. «Maestro, Euer Bier! Dürfen wir auf eine der zweifellos ergötzlichen und lehrreichen Vorstellungen Eures Puppenspiels hoffen?»

Wieder fluchte der Mann. «Einfach davongelaufen, verdammt!» sagte er. «Sie ist einfach davongelaufen. Die ganze Nacht habe ich in diesem verfluchten Wald herumgesucht.»

«In meinem Haus wird nicht geflucht», sagte die Wirtin.

«Stimmt», warf Jocriss ein und bückte sich noch tiefer, um unter die Hutkrempe zu blicken, aber auch der Mann senkte noch einmal den Kopf.

«Maestro Puppenmann», sagte Jocriss. «Bier und Trübsinn passen nicht zusammen. Was macht Euch das Herz so schwer? Wer ist davongelaufen? Hat Euch Eure Frau verlassen? Weshalb verbergt Ihr Euer Gesicht?»

«Meine beste Puppe!» knurrte der Mann. «Ist einfach durchgebrannt, verdammt! Vor neun Jahren habe ich sie selbst gemacht. Alles habe ich ihr beigebracht, und jetzt ist sie davongelaufen. Sag du mir ...» Seine Zunge tat sich schwer, die Worte zu bilden, «sag du mir doch, verfluchter Buckliger: Was soll ich ohne meine beste Puppe anfangen?»

«Vor neun Jahren?» fragte Jocriss. Er fuhr hoch und warf dem Wirt einen Blick zu. «Und jetzt ist sie davon*gelaufen*?»

«Bist wohl auch noch taub, Buckliger?» entgegnete der Puppenmann.

«Habt Ihr eine *lebende* Puppe neun Jahre lang in Eurem Kasten festgehalten?!» Jocriss' Miene erstarrte.

Der Mann nahm einen großen Schluck Bier. Katerina, die hinter ihm stand, verließ stirnrunzelnd und kopfschüttelnd die Schankstube.

«Lebende Puppen müssen *frei* sein», sagte Jocriss. «Das wißt Ihr doch, Maestro!»

«Das geht schon den ganzen Vormittag so», warf der Wirt ein. «Ich habe es ihm schon ein dutzendmal gesagt. Man könnte meinen, der Mann wüßte von nichts. Und das will ein Puppenmann sein!»

«Ich habe sie selbst gemacht», sagte der Mann. «Sie ist und bleibt mein. Ich werde sie finden. Und wenn ich sie finde, werde ich dafür sorgen, daß sie nie mehr davonläuft!»

«Tatsächlich?» fragte Jocriss.

«Ja!» erwiderte der Mann und legte eine seiner großen Hände auf den Tresen. Die Adern darauf traten derart dick hervor, daß man das Blut darin pochen sah. «Ich werde sie finden! Verlaßt euch drauf: Ich kenne mein Häkchen B. Ich kenne sie besser als mich selbst. Ach, sie steckt irgendwo im Wald. Ich weiß schon Bescheid ... Und wenn ich sie habe, wird sie nie mehr davonlaufen. Ich hacke ihr die Füße ab! Ich will verdammt sein, wenn ich das nicht tue!»

Er trank in einem Zug seinen Humpen aus und lachte heiser. «Dann kann sie immer noch sehr gut in meinem Kasten spielen, verstanden, du Krüppel? Vielleicht mache ich auch ein neues Spiel, ganz allein für sie. Etwas, was genau zu ihr paßt. Eine Geschichte für Häkchen B!»

Er richtete sich auf und faßte nach dem Tragriemen seines Kastens. «Ich werde sie suchen, und sie kommt wieder in den Schrank!» Er wühlte in einer der Taschen seines Umhangs und warf einige Münzen auf den Tresen.

Vom Puppenmann unbemerkt, wechselte Jocriss rasch einen Blick mit dem Wirt, wobei er die Augenbrauen fragend in die Höhe zog. Karel nickte.

«Maestro Puppenmann», sagte Jocriss und legte eine Hand auf den Ärmel seines Umhangs, «wartet!»

«Faß mich nicht an!» flüsterte der Mann. Langsam richtete er sich auf und beugte sich zu Jocriss vor. «Wage es nicht, mich noch einmal anzufassen, du Krüppel!» zischte seine Stimme unter dem Schatten des Hutes hervor.

Jocriss trat einen Schritt rückwärts. «Vergebt einem dummen Narren, Herr Maestro. Ich wollte Euch nur behilflich sein.» Er nahm den Bierhumpen und zapfte ihn wieder voll. Dann stellte er ihn dem Mann derart schwungvoll vor die Nase, daß das Bier über den Rand schwappte. «Bitte sehr! Zum Beweis meines aufrechten Bedauerns. Ein einfacher Possenmacher kann sich irren, nicht wahr?»

Der Mann brummte etwas und ließ den Tragriemen wieder sinken.

«Ich finde, Ihr habt recht, so wahr ich Jocriss heiße!» meinte Jocriss. Er zapfte sich selbst auch ein Glas und trank es in einem Zug halb leer. «Puppen gehören zu ihrem Herrn. Ich werde Euch helfen, wenn Ihr einverstanden seid.» Er wischte sich den Mund ab und kniff dabei ein Auge zu: «Vier Augen sehen mehr als zwei!»

Der Puppenmann nahm wieder Platz und trank. «Mich legst du nicht rein, Buckliger!»

Jocriss faßte unter den Tresen und holte eine Flasche und zwei Gläser hervor. Wieder warf er dem Wirt einen raschen Blick zu. Der nickte.

«Aber bevor ich Euch suchen helfe, brauche ich erst eine kleine Stärkung», sagte Jocriss. «Ich habe schon einen weiten Weg hinter mir heute. Wie sieht Eure Puppe denn aus, Maestro? Woran erkenne ich, ob ich sie gefunden habe?»

«Ganz einfach», knurrte der Mann. Die Krempe seines Filzhuts zeigte auf die beiden leeren Gläser.

Jocriss zog den Korken von der Flasche. «Wie sieht sie aus? Wie groß ist sie? Wie ist sie gekleidet?»

«So groß wie meine beiden Hände zusammen», sagte der Puppenmann und nahm sich ein Glas.

«Das heißt, sie ist in all den Jahren nicht gewachsen!» Jocriss schüttelte den Kopf und schenkte erneut ein.

«Puppen brauchen nicht zu essen», sagte der Puppenmann und goß den Schnaps in sich hinein.

«Aber lebende Puppen *dürfen* doch essen», sagte der Wirt. «Und wachsen dürfen sie auch.»

Der Puppenmann erwiderte nichts, sondern stellte das leere Glas wieder hin. Dann schüttelte er den Kopf, als müßte er einen Schwarm lästiger Fliegen vertreiben.

Jocriss schenkte noch einmal nach und beugte sich verschwörerisch zu dem Puppenmann: «Wie heißt sie? Wo kann ich sie finden? Im Wald, habt Ihr gemeint?»

«Häkchen B», flüsterte der Mann, «ich komm' dich holen!» In einer einzigen Bewegung kippte er das zweite Glas hinunter und stand auf. «Mich legst du nicht rein, Buckliger du. Sie gehört mir, und ich finde sie ebensogut allein.» Er lud sich den Kasten auf den Rücken und tat drei Schritte, doch er schwankte.

«Vorsicht, Maestro!» rief Jocriss, «der Boden ist gerade mit frischem Sand bestreut!»

Wieder schüttelte der Puppenmann den Kopf. «Irgendwas war in dem Schnaps», flüsterte er mit belegter Stimme, «ihr habt mich vergiftet!» Unsicheren Schrittes ging er zur Tür, wo er sich noch einmal umdrehte. «Ich komme wieder!»

Wie ein Schlafwandler ging er zur Tür hinaus.

«Jocriss!» meinte der Wirt mit großem Ernst. «Zwei Gläser! Aus der Flasche für lästige Saufbolde!» Aber seine Augen lachten.

«Großer Körper: doppelte Ration», sagte Jocriss. «Ehe er im Wald ist, schläft er schon. Häkchen B wird er heute nicht mehr finden!»

4

Am selben Morgen, Jocriss hatte gerade die Herberge «Zu den zwei Kastanien» betreten, beschloß Hester, sich nach draußen zu wagen. Sie kroch durch das Loch von der zweiten zur ersten Höhle. «Hallo Maus», flüsterte sie. «Du mußt mir nicht böse sein, hörst du? Wir können hier sehr gut zusammen wohnen.»

Sie sah hinauf zum Ausgang der Höhle, sah die Schräge, die vom Boden zum Licht führte. In dem Halbdunkel ringsum erschien ihr die Öffnung wie ein aufleuchtender Kreis.

‹Ganz wie mein Guckloch im Kasten›, dachte Hester. ‹Ich will einmal hinaussehen. Ich will die Welt sehen, zum ersten Mal nicht vom Kasten aus. Gestern bin ich ja nur gelaufen.› Sie rieb sich das Bein und kroch leise die Schräge hinauf. Vorsichtig lugte sie hinaus.

Sie sah den Zweig mit den roten Blättern, den sie gestern abgebrochen hatte. Die Blätter fingen schon an zu welken.

«Nimm's mir nicht übel, Zweig», sagte Hester, «aber ich mußte mich unbedingt verstecken.» Die Blätter raschelten im Wind.

Hinter dem Zweig entdeckte Hester grünes Gras und braune Stämme. Es war hell draußen, ein klares Licht mit einem rötlichen Schimmer. «Ist im Wald die Sonne rot?» flüsterte Hester. «Wie seltsam …

Aber schön ist es auch.»

Sie roch den frischen Duft des Grases, durchzogen von süßem Pflanzen- und Blütenhauch.

An einem der Bäume flitzte ein Eichhörnchen hinauf. Hester konnte es von der Höhle aus ganz genau sehen. Auf halbem Wege sprang es auf einen Ast und knabberte an etwas herum, das es in den Vorderpfoten hielt. Ab und zu unterbrach es sich und schaute umher.

Wie gut es achtgab! Ob es Angst hatte, jemand könnte ihm sein Futter abjagen?

Sie schüttelte den Kopf und schob sich etwas weiter vor. So hatte sie alles im Blick. Eigentlich zog es sie hinaus, aber zuerst wollte sie noch zusehen, bloß zusehen, was alles um sie her geschah.

Da entdeckte das Eichhörnchen Hester. Es machte ein kleines Geräusch und warf seinen Tannenzapfen – zack! – auf ein Häuflein dürrer Blätter nicht weit von ihr. Mit einer Wellenbewegung verschwand sein Schwanz hinter dem Baumstamm.

«Daneben», flüsterte Hester.

Sie sah und schaute allem zu, was im Wald rings um die große Rotbuche geschah. Sie sah dunkelgrüne und rote Blätter, die sich sanft im Wind wiegten. Schmetterlinge flatterten umher, und sogar eine Krähe strich herab und pickte ganz in ihrer Nähe ins Erdreich. Ihr Blick schien zu sagen: «Doch, ich habe dich gesehen, aber ich habe keine Angst.»

Hester hatte ebenfalls keine Angst. Sie lachte und betrachtete alles, als sähe sie die Welt zum ersten Mal.

Eigentlich war das auch so. Hester hatte noch nie das Leben in freier Natur kennengelernt. Von ihrem Guckloch aus hatte sie natürlich die Welt der Menschen gesehen. Die Kleinstädte und Dörfer, in denen der Puppenmann auftrat. Die Gärten der Häuser, in denen ihr Publikum wohnte. Die Kirmessen und Jahrmärkte, die sie jeweils besuchten.

Natürlich kannte Hester sehr viele Tiere. Die Schlangen der Schlangenfrau, und wie sie in ihren gelben Körben schliefen. Die Bären mit Nasenringen, die tanzten, wenn ihr Herr das wollte. Immer hatte es so viele Tiere gegeben, die Kunststückchen vollführten. Hunde und Katzen und Äffchen; kleine, verfrorene Äffchen. Hester hätte ihnen gerne Jacken genäht, aber der Puppenmann war damit nicht einverstanden gewesen.

Auf den Märkten wurden Vögel verkauft, Singvögel in Käfigen. Hester hatte ihren Gesang immer großartig gefunden. Aber die Töne hier im Wald, Laute von Vögeln, die sie gar nicht zu Gesicht bekam, waren noch viel großartiger. Vielleicht war es nur ein ganz gewöhnliches Zwitschern, aber es paßte so gut zu den Bäumen und den Blumen und Blättern.

Die Menschen kannte Hester auch sehr gut. Die zur Bühne emporgereckten Gesichter, während sie spielte. Manchmal lachten sie, oft aber auch nicht. Dann schauten sie eigentlich bloß, als erwarteten sie etwas. Als hofften sie, daß etwas passieren würde. Hester wußte nicht, worauf die Menschen warteten. Manchmal, wenn etwas Schlimmes passierte im Spiel, wenn beispielsweise die Prinzessin mit einem scharfen Schwert enthauptet wurde, lachten sie dann doch.

In den Kneipen konnte sie ebenfalls die Menschen beobachten, falls der Puppenmann seinen Kasten nicht zufällig mit dem Guckloch zur Wand abgestellt hatte. Die Frauen, die schrien und lachten und sich den Männern auf den Schoß setzten. Männern mit großen Händen und aufgequollenen Gesichtern ...

Hester schüttelte den Kopf und kroch aus der Höhle. «Nie mehr kehre ich in die Welt der Menschen zurück», sagte sie laut. «Nie wieder! Ich bleibe für immer hier. Ich werde mir eine Wohnung bauen, ein eigenes Zuhause.»
Sie machte ein paar Schritte vom Baum fort und sah in die Luft. Durch die Blätter der riesigen Buche schimmerte ein blauer Himmel. «Ein eigenes Zuhause ist hell, und es riecht gut darin», sagte sie. «Ein eigenes Zuhause ist kein stinkender Kasten.»
Langsam umkreiste sie den Baum und suchte angestrengt den Boden ab. Wo hatte die Maus ihren Eingang? Die dunkelbraune Erde um den Baum war übersät mit Blättern und kleinen Zweigen. Hier und da gab es hellgrüne Stellen mit Moos. Die streichelte sie. Es fühlte sich sehr weich an, fast so samtig weich, wie die Freunde der Schlangenfrau aussahen.
Sie hob einen langen, dürren Ast auf. Er war länger als sie selbst. Vorsichtig brach sie die kleineren Seitenzweige ab.
Wo hatte die Maus ihren Eingang? Hier hinter dem Baum mußte er liegen ... Etwas weiter links. Er mußte von außen zu sehen sein, denn es fiel Licht durch ihn in die Höhle.
Da! Hinter dem Steinbrocken dort war ein runder, dunkler Fleck. Der Eingang der Maus! Sie nahm den Stock, schob ihn in die Öffnung und drückte ihn tief hinein. Der Gang verlief etwas schräg. «Er muß ein wenig größer werden», mur-

melte sie, «damit es innen noch heller wird. Und damit es gut durchlüften kann. Die Maus hat bestimmt nichts dagegen.»

Ein paarmal fuhr sie mit dem Stock hin und her. So, das genügte. Den Sand, der oben aus dem Gang herausgekommen war, strich sie ordentlich glatt.

Was brauchte sie noch mehr? Die schmalen grünen Blätter von dem Busch da vorn waren genau richtig als Besen. Sie brach sich einen Zweig ab und rannte damit nach Hause.

Ja, es war heller geworden in der zweiten Höhle, aber unter dem Mauseloch lag auch ein ganzer Haufen Sand. Das war nicht schlimm, sie mußte ohnehin erst einmal aufräumen. Sie fegte allen Unrat, alte Blätter und Mäusehaare in die eine Ecke und allen losen Sand in die andere.

‹Ich brauche ein Bett, einen Tisch und einen Stuhl›, dachte Hester. ‹Ich möchte ein eigenes Eckchen in meiner Wohnung haben. Und die Maus braucht auch ihr eigenes Eckchen, so daß wir beide hier wohnen können.›

Sie dachte an ihren Haken an der Wand des Puppenschranks. Links neben ihr hatte die Hexe gehangen und rechts der Engel. Die Hexe war die älteste Puppe im Spiel, viel älter noch als Hester. Aber sie lebte nicht, und der Engel auch nicht. Keine der anderen Puppen lebte; jedenfalls hatte Hester nie bemerkt, daß sie lebten. Sie sprachen nicht heimlich im Dunkeln miteinander, wenn der Puppenmann fort war, und sie kicherten auch nicht. Sie zwinkerten sich nicht einmal zu. Die Hexe wirkte irgendwie verschlagen, und der Engel machte immer ein Gesicht, als wisse er alles besser. Aber sie lebten nicht.

Die Maus dagegen lebte, auch wenn sie nicht sprach. Also bekam sie einen Platz in ihrem Zuhause. «Unserem Zuhause», sagte Hester.

Mit der einen Hand hob sie den Saum ihres Kleides hoch, und mit der anderen schaufelte sie Sand hinein. Erst das Bett für die Maus. Dort hinten war ein schöner Platz dafür. Sie rannte hin und ließ den Sand aus ihrem Kleid fallen. «Ich bin eine Schubkarre», sang Hester, «ein Wägelchen voll mit Bettensand. Für meine liebe Maus.»

Sie ging so lange mit dem Kleid voller Sand hin und her, bis hinten in der Höhle eine längliche Er-

hebung entstanden war. Mit dem Besen strich sie den Sand schön glatt, und danach stampfte sie ihn noch einmal gut fest. Sie legte etwas trockenes Laub auf das Bett, trat einige Schritte zurück und besah sich das Ganze.

«Hübsch», sagte Hester. «Ein Bett!»

Anschließend ging sie für sich selbst ans Werk. Sie baute sich einen Tisch und einen Sitz aus Sand.

Im Puppenschrank hatte es weder Tisch noch Stuhl gegeben, außer natürlich auf der Bühne. Manchmal mußte sie auf der Bühne auf einem Thron sitzen, aber nie hatte sie sich wie eine wirkliche Prinzessin gefühlt. Der Thron gehörte ja auch nicht ihr. Alles war bloß Theater gewesen. Der Puppenmann dagegen hatte einen Stuhl und einen Tisch. Wenn er den Schrank vom Rücken lud, weil sie auftreten sollten, zog er dessen Beine aus und klappte ihn ganz auseinander, so daß daraus die Puppenbühne wurde. Im Innern konnte er für sich einen Tisch und einen Stuhl ausklappen, wenn er nicht zu spielen brauchte. Dann saß er einfach im Schrank hinter den verschlossenen Vorhängen, so daß niemand hereinsehen konnte. Manchmal schnitzte er eine neue Puppe.

Hester setzte sich auf ihren Stuhl, an ihren Tisch, in ihrem eigenen Heim.

Manchmal sang der Puppenmann ein Lied, wenn er im Puppenschrank saß und auf sein Publikum wartete. Es war immer dasselbe Lied.

«Geht alles, alles nur noch schief», sang der Puppenmann, «hau deinem Pferd aufs Auge, daß es schnieft ... und Ruhe gibt.»

Hester fand das Lied schrecklich. Sie verstand es nicht und wollte es auch nicht hören.

«Nie wieder will ich es hören», rief Hester und schlug mit der Faust auf den Tisch. Der Sand machte ein dumpfes Geräusch.

Manchmal hieb der Puppenmann sein Messer in die Tischplatte und legte die Puppe, an der er gerade arbeitete, beiseite. Dann stierte er zu Hester an ihrem Häkchen hinüber. Sie wußte genau, was er dachte. Er hatte Angst, sie würde davonlaufen. Ganz selten tat er einmal nett: «Du bist meine liebste Puppe, Häkchen B. Du weißt sehr gut, daß ich ohne dich nicht auskommen kann. Du bist die süßeste Prinzessin und die beste Fee und die schönste Elfe in meinem ganzen Theater.» Aber meistens starrte er sie nur an und dachte an schreckliche Dinge.

Hester stand auf. Sie ging auf und ab in ihrer Wohnung. Wenn die Maus bloß käme!

Die Maus kam nicht, und wieder begab sie sich an die Arbeit. Sie baute sich ein großes Bett. Das bißchen Sand, das noch übriggeblieben war, verteilte sie ordentlich über den Boden. Den Puppenmann und den Puppenschrank fegte sie sich aus dem Kopf.

Draußen war es nicht mehr so sonnig, bestimmt war es schon spät. Sie suchte einen scharfkantigen Stein und schnitt sich damit Moosbüschel ab. Das

Moos war genau richtig für ihr Bett, es war weich und trocken und warm. Sie machte so lange weiter, bis ihr ganzes Bett damit bedeckt war. Dann streckte sie sich darauf aus und schloß die Augen.

Bestimmt würde die Maus heute noch kommen. Anderenfalls bestimmt morgen.

Ein scharfes Knacken klang von draußen herein, als hätte sich oben etwas Schweres auf einen Zweig gestellt. Vorsichtig richtete Hester sich auf.

«Häkchen B?» erklang es draußen. «Häkchen B, bist du da? Ich komme, um dich zu holen!»

‹Nein!› dachte Hester. ‹Nein! Hat er mich jetzt schon gefunden? Nein!› Sie warf sich bäuchlings aufs Moos und hielt sich mit beiden Händen die Ohren zu.

5

«Bitte, Häkchen B, ich weiß, daß du da bist!»
So hallte es dumpf in Hesters zugehaltenen Ohren. Die Stimme des Puppenmannes klang merkwürdig ... freundlicher als sonst ... Aber er konnte so viele Stimmen nachmachen. Alle Puppen ließ er sprechen, und alle auf andere Art. «Du brauchst dich wirklich nicht vor mir zu fürchten. Ich verstehe sehr gut, daß du Angst hast!»

Ob es ihm inzwischen womöglich leid tat? Hatte ihn ihr Davonlaufen so erschreckt, daß er ... Ganz zu Anfang, als sie gerade erst lebte, war er auch nett gewesen. Und so stolz auf sie ... Sollte sie vielleicht doch mitgehen?

Ohne daß sie es wollte, nahm Hester ihre Hände vom Kopf. Sie richtete sich etwas auf und lauschte. Draußen erklang Geraschel. Danach ein Schlag und ein Fluch.

«Au, mein Knie! Verteufelter Stein!»

‹Nein!› dachte Hester und ballte die Hände zu Fäusten. ‹Nein, ich werde nicht mehr für dich spielen, nie mehr!›

Sie sah, wie etwas in die erste Höhle drang. Es war eine große Hand, die umhertastete. ‹Wie ein Tier›, dachte Hester, ‹das etwas zum Auffressen sucht. Böses Tier!›

Sie kniff die Augen zu, konnte den Blick aber nicht von der herumkriechenden Hand wenden.

Von draußen drang ein dumpfes Stöhnen herein.

«Bitte, Häkchen B, stell dich doch nicht so an!»

Hester wollte nicht hinsehen. Sie wollte nicht sehen, wie die Hand in ihre Wohnung gekrochen käme, ihren Tisch und ihren Stuhl zermalmte. Sie wollte nicht sehen, wie die Hand sie von ihrem Bett griff.

Sie hieß gar nicht Häkchen B. Sie war Hester!

Sie faßte ihr Kleid, zog es sich über den Kopf und drückte sich mit den Fingern den Stoff in die Ohren. Daß ihr dabei ein Sandregen in Mund und Augen rieselte, merkte sie überhaupt nicht. Sie merkte nur, daß ihre Augen auf einmal brannten und daß ihr Mund trocken und staubig wurde. Sie sah nichts und hörte nur noch dumpfe Geräusche.

In ihrem Kopf erklang das Geklingel von Schellen. «Ding, dingeding», machten die Schellen. ‹Ich bin kein Ding›, dachte Hester, ‹ich lebe!›

Unter ihrem Kleid kniff sie die Augen fest zusammen, und trotzdem sah sie die Häkchen im Puppenschrank, die Schnüre an ihren Händen und Füßen und die großen Hände des Puppenmannes über ihr. Er zog an den Seilen. Sie mußte tun, was er sagte.

«Nie wieder!» zischte Hester. Von ganz weit her drangen Geräusche an ihr Ohr. Da draußen stand er und brüllte, und es war, als würde er nie mehr aufhören.

Aber noch hatte er sie nicht! Die zweite Höhle hatte er nicht entdeckt!

Endlich wurden die Geräusche leiser, und Hester ließ ihr Kleid fallen. Sie blinzelte und wischte sich über den Mund.

«Jedenfalls ist sie hier gewesen», sagte die Stimme. «Schade. Jetzt finde ich sie wohl nie mehr.»

Wieder klang seine Stimme so anders. Leise stand Hester auf und schlich zu dem Durchgang zur ersten Höhle. Die Hand war verschwunden. An den aufgehäuften trockenen Blättern konnte man genau sehen, wo sie herumgewühlt hatte. Sie hörte Schritte, die sich vom Baum entfernten, und mußte einfach hinterhersehen. Obwohl ihr eigentlich der Mut dazu fehlte, glitt sie in die erste Höhle und schlich zum Ausgang. Sie lugte hinaus. In der heraufziehenden Abenddämmerung sah sie einen Mann hinter einem der Bäume verschwinden. Seine Jacke blitzte grün auf in einem letzten Sonnenstrahl, und außerdem trug er etwas auf dem Rücken.

‹Merkwürdig›, dachte Hester, ‹es scheint, als wäre der Schrank viel kleiner geworden.› Sie lauschte angestrengt. Nein, sie hörte die Schellen nicht. Und eine grüne Jacke? Ob sich der Puppenmann eine neue Jacke gekauft hatte?

In ihrer Wohnung mußten sich ihre Augen wieder an das Halbdunkel gewöhnen. Sie legte sich auf ihr Bett, schön in das samtene Moos. Sie war frei. Er hatte sie nicht gefunden.

«Überall habe ich sie gesucht», sagte Jocriss. Er saß vornübergebeugt und streckte die Hände dem Feuer entgegen, das der Schankwirt entfacht hatte. «Überall.»

Die dicken roten Vorhänge waren zugezogen, und die Öllampen in der Schankstube brannten. Sie spiegelten sich wie kleine Sterne in den Kupfertöpfen, die an der Wand über dem großen Kamin hingen.

«Es wird schnell kühl abends», sagte Jocriss.

Der Wirt nickte. «Das war der letzte spätsommerliche Tag, glaube ich. Der Herbst wird wohl bald kommen.»

Jocriss seufzte. «Ich hatte wirklich geglaubt, sie gefunden zu haben. Den ganzen Wald habe ich abgesucht. Eine Rotbuche stand da, darunter war eine Fuchshöhle oder etwas Derartiges ... Man konnte sehen, daß sich jemand daran zu schaffen gemacht hatte. Jemand hatte an dem Moos gezupft.»

«Vielleicht irgendein Tier?» meinte der Wirt und hängte einen großen dampfenden Kessel an einen Haken oberhalb des Feuers. «Suppe mit allem Drum und Dran. Eigentlich ist sie schon fertig.»

«Tiere stellen keine Zweige vor dem Eingang ihrer Höhle auf», sagte Jocriss. «Sie muß dagewesen sein, ich bin mir ganz sicher.»

«Du hast dein möglichstes versucht», sagte der Wirt. «Mehr hättest du doch nicht für sie tun können. Du hast dem Puppenmann den Schlaftrunk gegeben und den ganzen Nachmittag nach ihr gesucht!»

«Tja», sagte Jocriss. «Als ich mich auf die Suche machte, lag der Maestro hinter der kleinen Erlenallee und schnarchte ...»

Der Wirt lächelte.

«Aber als ich heute abend wiederkam, war er fort.»

«Der Mann muß Kräfte haben wie ein Eber», sagte der Wirt. «Zwei Gläser! Und dann nach einem kleinen Mittagsschlaf wieder auf den Beinen, einfach unglaublich!»

«Ich bin mir sicher, daß sie dagewesen ist», sagte Jocriss wieder. «Ich habe sie angefleht herauszukommen. Und danach habe ich die Höhle abgetastet, so weit meine Hand hineinreichte. Nichts! Ich habe gebrüllt und gerufen ... Umsonst ...»

Der Wirt setzte sich neben Jocriss und rührte in der Suppe.

«Ich dachte, ich gehe zum Maestro und verpasse ihm eine Tracht Prügel, aber er war wie gesagt schon fort ...»

«Ich an deiner Stelle wäre lieber vorsichtig», sagte der Wirt und zog die Stirn in Falten. «Der Mann jagt mir kalte Schauer über den Rücken. Ich habe ihn den ganzen Vormittag hier im Haus gehabt und bin froh, daß er fort ist ...»

Jocriss starrte mißmutig ins Holzfeuer. Die fröhlich glitzerndern Öllampen und die warmen Vorhänge sah er nicht.

«Du wirst müde sein», meinte der Wirt. «Wenn du keine Lust hast, brauchst du heute abend nicht zu arbeiten. Wir freuen uns auch so, daß du wieder da bist. Was sage ich! Du brauchst die ganze Woche über nicht zu arbeiten! Hier, Suppe, die wird dich aufwärmen.»

Mit einem Lächeln nahm Jocriss die Schüssel entgegen. Er sah Karels besorgte Miene und zwinkerte.

«Mach dir meinetwegen nur keine Sorgen. Heute abend ist Euer Narr wieder für euch da.»

«Von wegen Narr», sagte Karel mit grimmiger Miene, doch seine Augen leuchteten. «Mein Akrobat und Geschichtenerzähler! Wie oft soll ich dir das noch sagen?»

«Und Freund», sagte Jocriss.

«So ist es», sagte Karel. «Ich glaube ... ich muß noch einmal ernsthaft darüber nachdenken, ob ich nicht ein weiteres Glas gegen die Wand werfe.» Er ging zum Tresen und polierte wie vorher die Gläser.

Jocriss verbarg sein Gesicht in der Suppenschüssel. Ihm war nicht nach Lachen zumute. Er dachte an lebende Puppen, Puppen allein im Wald.

Mitten in der Nacht, als die Herberge schon geschlossen und zugeriegelt war und alle Gäste nach

Hause gegangen waren ... als Jocriss' erster Auftritt schon längst vorbei war und die Gläser wieder sauber und glänzend im Schrank standen ... mitten in der Nacht, als Hester in ihrem eigenen Zuhause, in ihrem Bett lag und schlief ... so tief dalag und schlief, daß sie nicht einmal bemerkt hatte, daß die Maus gekommen war und sich auf ihr Bett gelegt hatte ... mitten in der Nacht erklangen Schellen auf dem Waldweg.

«Verdammte Kopfschmerzen», sagte der Puppenmann. «Verfluchter Buckliger und verfluchter Wirt! Einen ganzen Nachmittag habe ich verloren. Im Wald ist sie nicht, das kleine Luder. Sonst hätte ich sie heute nacht gefunden ...»

Er schlug gegen seinen Schrank, und die Schellen klingelten durch die Nacht. Hoch in den Baumwipfeln blinzelten die Krähen.

«Sie ist natürlich weitergegangen», murmelte der Puppenmann, «weiter zum nächsten Dorf. Ich werde sie finden, und wenn ich sämtliche Dörfer abklappern muß.»

6

Im Rotbuchenwald vergingen die Tage. Der Herbst kam mit Wind und Regen, aber manchmal schien auch eine bleiche Sonne, dann sah es aus, als tanzten die roten und braunen Blätter zum Rhythmus eines geheimen Liedes, eines Liedes, das wohl schon den Winter versprach.

Hester hatte ihr Zuhause noch viel hübscher gemacht. Auf dem Tisch lag jetzt ein großer, blauglänzender Stein, und Sitz und Lehne ihres Sandsessels hatte sie mit Baumrinde überzogen. Überall an den Wänden hingen Blattbüschel eines besonderen Strauches. Je trockener die Büschel wurden, desto besser rochen sie. Hester hatte auch bunte Federn aufgehängt, die sie im Wald gefunden hatte.

Ihr Bett war jetzt mit großen Wolken von weichem Moos bedeckt, dazwischen verstreut lag ab und zu ein duftendes Blatt. Nachts, wenn sie schlief, war es, als schwebe sie durch einen Sommergarten.

Tagsüber durchstreifte Hester den Wald. Sie sah die Bäume kahler werden, und es gefiel ihr. Die Bäume bereiteten sich auf ihren Winterschlaf vor. Sie wußte, in welchen Wipfeln die Krähen wohnten, und sie kannte die Stellen, an denen die Eichhörnchen am liebsten saßen und ihr Futter naschten.

Sie kannte die Büsche der Kohlmeisen und der Amseln, und sie wußte genau, wo die Spechte in den Bäumen hämmerten. Alle Vögel, die sie so oft auf dem Vogelmarkt gesehen hatte, flogen hier im Wald frei herum.

Hester war glücklich in ihrem Wald und in ihrem Zuhause. Manchmal stieg sie, so hoch sie konnte, in einen Baum, selbst wenn der Herbstwind durch den Wald pfiff und es schien, als wolle er die Äste von den Bäumen reißen. Hoch in einem Baumwipfel blickte sie über den Wald, sah, wie der Wind die Sträucher niederdrückte und die kleineren Bäume sich seiner Gewalt neigten. Der Wald war wie ein Meer mit schäumenden grünen Wellen und ächzenden Schiffsmasten, an denen zerfetzte Segel flatterten. Sie sah, wie Krähen, die Köpfe nach dem Wind gedreht, sich an einen Zweig klammerten, als würden sie des Sturms auf ihre Weise spotten. Sie hielt sich dann noch stärker fest und schrie gegen den Wind: «Mich bekommst du nicht! Ich bin nicht aus Holz, ich bin Hester!» Sie warf den Kopf in den Nacken und lachte, und es schien, als lachte der Wind mit ihr mit. Der Wind war ja schließlich nicht böse. Alles war nur ein Spiel, das zum Herbst gehörte, ein Spiel, bei dem der Wind den Bäumen half, sich für die Winternacht zu entkleiden.

Wenn der Regen peitschte, rannte Hester hinaus und legte einen Stein vor den Eingang der Maus. Ihre Wohnung durfte nicht naß werden, die Maus konnte ebensogut den Haupteingang benutzen.

Dann stellte sie sich auf die offene Stelle vor der Rotbuche, mitten in den Regen. Jetzt schien es, als wäre der ganze Wald aus halb durchsichtigem Glas. Die Bäume schimmerten dunkelgrau in den herabklatschenden Regenmassen, und verrückterweise war es, als könnte man ein wenig durch sie hindurchsehen.

Mitten in dem Platzregen in diesem Wald aus Glas fühlte Hester sich, als wäre sie selbst durchscheinend, als würde sie von dem Wasser derart saubergewaschen, daß sie durchsichtig wurde wie eine Elfe.

Dann tanzte sie elfengleich im Regen, wie eine Fee auf dem Spiegelglanz eines Märchensees oder eine Prinzessin in ihrem Kristallpalast. Sie sang Worte dazu, die allein die Vögel und Eichhörnchen verstehen konnten. Aber die hatten sich vor dem Regen versteckt, also sang Hester ihr Lied eigentlich nur für sich selbst.

Wenn der Regen aufhörte, oft ebenso plötzlich, wie er eingesetzt hatte, sah Hester noch eine Weile den Bäumen zu, die langsam in der zurückgekehrten bleichen Sonne trockneten. Dann duftete der Wald nach Leben.

Später holte sie den Stein wieder vom Eingang der Maus und trocknete sich ab mit Moos und Stroh, das sie in ihrem Vorzimmer bereitgelegt hatte. Ihr Kleid breitete sie zum Trocknen aus und verkroch sich anschließend in ihr Bett, bis ihr wieder richtig warm wurde.

So vergingen die Tage mit Wald und Bäumen und Vögeln und Wind und Regen. Der Herbst ging seinem Ende zu.

Im Land zog der Puppenmann umher. In jedem Dorf fragte er, ob jemand seine Puppe gesehen hätte.
In der Herberge «Zu den zwei Kastanien» arbeitete Jocriss. Er sang und tanzte, und manchmal erzählte er Geschichten. Das Feuer im Kamin loderte höher denn je.

Jeden Nachmittag, kurz vor Eintritt der Dämmerung, kam die Maus in die Höhle. Anfangs streckte sie noch langsam und vorsichtig den Kopf herein und spähte, ob alles sicher war. Später ließ sie sich einfach nach unten rutschen. Immer hatte sie Futter bei sich. Neben dem Bett, das Hester für sie gebaut hatte, war schon ein richtiger Wintervorrat angehäuft; Beeren, Bucheckern, Getreidekörner und anderes mehr.
Manchmal tanzte Hester für die Maus, oder sie führte ein Theaterstück auf. Natürlich spielte sie alle Rollen dabei selbst: die Hexe, den Engel und den König, die Prinzessin und den Henker mit dem Schwert. Die Maus sah zu und knabberte an einem Bucheckerchen, und immer sprach Hester mit der Maus. Sie erzählte von früher, der Zeit im Puppenschrank. Was alles geschehen war. Manchmal zitterte ihre Stimme, aber sie weinte nie. Lebende Pup-

pen können nicht weinen.

Sie wußte nicht einmal sicher, ob die Maus ihr zuhörte. Sie putzte sich vom Kopf bis zum Schwanz und sah derweil zu Hester hinüber. Manchmal blinzelte sie, und dann mußte Hester lachen. Nie gab sie Hester eine Antwort.

Hester war es gewohnt, daß ihr nie jemand Antwort gab. Der Puppenmann hatte ihr nie zugehört, sondern immer bloß gesagt, was sie zu tun hatte und was sie nicht durfte. Wie ein Ding hatte er sie behandelt. Es war nicht außergewöhnlich, wenn die Maus ihr nicht antwortete.

Auch heute sagte die Maus nichts. Hester hatte erzählt, was sich im Wald zugetragen hatte. Daß es draußen immer kälter wurde und daß immer weniger Vögel sich zeigten. Daß es aussah, als würde bald Schnee fallen, denn alles sei so blaßgrau am Himmel.

Die Maus lehnte sich ein wenig auf ihrem Schwanz zurück und starrte Hester an.

«Guck nicht so! Warum siehst du mich so an? Du schaust ja gerade wie der Puppenmann!»

Hester schlug die Augen nieder und besah nachdenklich ihre Füße. Dort waren keine zerfaserten Schnurenden mehr zu sehen. Die hatte sie schon längst mit einem scharfen Stein abgeschnitten.

Die Maus zwinkerte mit ihren großen schwarzen Augen.

«Tut mir leid», sagte Hester, «natürlich siehst du nicht aus wie der Puppenmann ... Du bist viel kleiner ... und du siehst schön weich aus.

Weißt du, wie groß der Puppenmann ist? Selbst wenn man sieben Puppen übereinanderstellt, ist er immer noch größer!»

Hester erhob sich von ihrem Stuhl. «Wenn ich einen Kopfstand mache, bringt dich das dann zum Lachen? Dann reden wir nicht mehr vom Puppenmann, einverstanden?»

Sie machte einen Kopfstand, aber die Maus lachte nicht.

«Es wird still im Wald.» Hester setzte sich auf ihr Bett. «Ich meine: wirklich still. Es ist fast niemand mehr da, mit dem man sich unterhalten kann. Keine Vögel mehr und keine Eichhörnchen. Ich glaube, die Vögel sind zum Dorf gezogen. Dort finden sie bestimmt mehr Futter. Und mit den Bäumen und dem Wind zu sprechen ist schon ein bißchen merkwürdig, glaube ich.»

Die Maus legte den Kopf schräg.

«Sehr merkwürdig, ja», sagte Hester. Sie legte

sich der Länge nach aufs Bett und drückte ihr Gesicht ins Moos. Sie dachte an die Vögel und Schmetterlinge, die verschwunden waren. An große Bäume in einem Wald, in dem die Tage immer kürzer wurden.

Die Maus lief zu ihrem Futtervorrat. Es sah drollig aus, wenn sie lief, fand Hester. Sie wackelte mit ihrem großen Hinterteil und glich eigentlich einem mißratenen kleinen Elefanten mit großen Ohren und einem viel zu kurzen Rüssel.

«Der Winter kommt», sagte Hester. «Alle legen sich schlafen. Ich glaube, ich schlafe jetzt auch.»

Die Maus wühlte in ihrem Futter. Mit den Zähnen nahm sie ein Bucheckerchen, lief damit zu Hester und legte es vor ihr Bett.

Verwundert richtete Hester sich auf: «Ich brauche doch nicht zu essen! Das ist sehr lieb von dir, aber ich brauche wirklich nicht zu essen.»

Die Maus kroch in ihr Bett. Sie drehte sich ein paarmal um und sah dann wieder zu Hester.

«Maus, du bist lieb.» Ganz vorsichtig rutschte Hester von ihrem Bett herunter und näherte sich der Maus. Das hatte sie noch nie getan. Was, wenn sie Angst vor ihr bekäme und für immer davonliefe?

«Maus, du bist sehr lieb. Vielen Dank für das Bucheckerchen.» Vor dem Bett der Maus setzte sie sich auf den Boden und streckte die Hand aus. «Vielen Dank. Ich habe noch niemals zuvor etwas geschenkt bekommen.» Die Maus leckte sich rasch über den Schwanz.

«Darf ich dich streicheln?» Hesters Hand fuhr langsam von der schwarzpolierten Schnauze aufwärts bis zwischen die großen rosigen Ohren. Dort ließ sie sie einen Moment liegen. Die Maus schloß ein Auge.

«Liebe Maus», sagte Hester ernst. «Heute habe ich Geburtstag! Denn heute habe ich zum ersten Mal ein Geschenk bekommen ... Ich werde es immer aufheben.»

Als die Dämmerung kam und die Maus eingeschlafen war, schlich Hester auf Zehenspitzen zu ihrem eigenen Bett. In dieser Nacht – es war das erste Mal, seit sie davongelaufen war – hatte sie einen Traum. Hester träumte, sie wäre eine Maus.

7

Hester durchstreifte den Wald. Der Boden war hart und kalt geworden. Dadurch klangen alle Geräusche härter, so als würden sie vom Boden zu den Bäumen zurückprallen, um dann wieder herabzufallen.

Sie ging nicht mehr so oft nach draußen. Es gab einfach nicht mehr viel zu sehen. Aber sie wollte auch nicht jeden Tag in ihrer Wohnung sitzen und auf die Maus warten ...

Sie vermißte die anderen Puppen. Auch wenn sie nicht lebten, hätte sie sie doch gern einmal wiedergesehen. Sie vermißte die Betriebsamkeit auf den Jahrmärkten und Kirmessen, den Lärm und das Lachen und die fröhlichen Gesichter. Die Kinder, die zur Puppenbühne aufschauten und «Hurra!» riefen, sobald der Vorhang hochging, hatten doch auch ihretwegen geklatscht? Doch nicht bloß dem Puppenmann zuliebe?

Bei der großen Trauerweide direkt am Bach blieb sie stehen. Hier und da hatte die Weide noch ein Blatt, als versuchte sie, den Sommer festzuhalten.

«Hallo, Weidenbaum», sagte sie. «Einen guten Tag wünsche ich dir, und junge Vögel in deinen Zweigen!»

Sie wußte wohl, daß die Weide nicht antworten würde, aber Hester war gerne freundlich.

«Ich bin allein, Weidenbaum», sagte Hester.

«Manchmal, ganz selten denke ich, ich sollte zurückgehen. Ich war nämlich die beste Spielerin im Puppenspiel ... Wirklich, du kannst es mir glauben!»

Die Weide schwieg.

«Du brauchst mich nicht für unbescheiden zu halten, liebe Weide. Bloß manchmal denke ich, der Puppenmann verdient ohne mich vielleicht viel zu wenig Geld ... Und ich bin sehr allein, denn auch die Maus sagt nie etwas ... Und doch möchte ich nicht zurück. Ich fürchte mich nämlich vor dem Puppenmann ... Verrückt, nicht? Was meinst du, Weidenbaum? Soll ich zurückgehen?»

Ein Lüftchen strich seufzend durch die Äste der Weide, und Schneeflocken fielen. Zuerst waren es nur ganz kleine, nasse Flecken im grauen Wald. Dann fielen größere, wollige Flocken, die wirbelten durch die Luft und tanzten.

«Ach», rief Hester, «sieh nur! Wie wundervoll! Jetzt gibt es wieder etwas zu sehen, liebe Weide!»

Hester lehnte sich gegen den Baum und sah, wie der Wald von einer weißen Schicht bedeckt wurde. Aus kahlen Sträuchern wurden runde, sanftweiße Kugeln. Bäume bekamen an einer Seite einen weißen Streifen, das kam durch den Wind, der sie mit Schnee beklebte.

Alles wurde anders. Wo Kuhlen und Unebenheiten gewesen waren, sah Hester nur noch sanfte Wellen. Der Wald wurde sanfter, wie aus weißer Seide gemacht. Alle scharfen Zacken und Ecken

und Kanten verschwanden. Die Bäume, die grün geblieben waren, erhielten eine weiße Mütze, und der Kaninchenpfad, über den Hester zu der Weide gefunden hatte, war nur noch ein undeutlicher Streifen auf dem Boden.

«Winterschlaf», murmelte Hester. «Das Bett ist fertig. Ich muß nach Hause. Es schneit viel zu sehr.» Sie tat einige Schritte, drehte sich noch einmal zu der Weide um und sagte: «Einen guten Winter wünsche ich dir!»

Auf dem Kaninchenpfad versank sie bis zum Saum ihres Kleides im Schnee. Es war kalt, aber das fand Hester nicht schlimm. Der Wald war wieder ganz neu. Der Winter war gekommen.

So rasch sie konnte, kämpfte sie sich durch den Schnee. Sie mußte nach Hause, ehe die Schneeschicht so dick wurde, daß sie bis über beide Ohren darin versank.

Die Flocken wirbelten immer noch, und ab und an stürzte ein dicker Packen Schnee von den Ästen herab. «Beeilung», keuchte Hester.

Sie glitt aus, es gab einen sachten Plumpser, und plötzlich war alles dunkel und kalt um sie. Graben, sie mußte graben. Sie mußte zusehen, daß sie aus dem Schnee herauskam.

Der Schnee lastete wie eine schwere Decke auf ihr und wollte sie unter sich festhalten. Wie wild ruderte Hester mit Armen und Beinen. «Nein!» schrie sie, hob die Arme über den Kopf und sprang in die Luft.

Ihr Kopf brach durch die Schneeschicht, aber sie sank wieder zurück. Wie eine Rasende wühlte sie jetzt im Schnee, und gleichzeitig versuchte sie, vorwärts zu gehen. Endlich fühlte sie, wie der Boden unter ihren Füßen fester wurde. Noch zwei Schritte, noch einer. Jetzt schaute sie schon aus dem Schnee heraus.

Nachdem sie sich ganz freigestrampelt hatte, sah sie, was geschehen war. Sie war in eine zugeschneite Kuhle gerutscht, und gerade in diesem Augenblick war aus einem Baum ein Packen Schnee auf sie gefallen.

Sie klopfte sich ab und setzte ihren Weg vorsichtig fort. Immer ein Füßchen vors andere setzend, tastete sie durch den Schnee den Boden unter sich ab. Es ging langsam, und es dämmerte auch bereits. Ohne all den weißen Schnee wäre es jetzt vielleicht schon zu dunkel gewesen, den Weg nach Hause zurückzufinden.

Endlich sah sie die Lichtung mit der großen Buche. Ihr Eingang war unter der Schneedecke ver-

schwunden. Aber das machte nichts, sie grub sich einfach hindurch.

Im Vorzimmer rieb sie sich trocken und warm. «Maus», rief sie, «ich bin wieder da!»

In ihrem Zimmer war es dunkel, fast so tiefdunkel wie in einer mondlosen Nacht. Es dauerte lange, ehe ihre Augen sich daran gewöhnten. «Maus?» rief sie noch einmal.

Aber die Maus saß nicht in ihrer Ecke und putzte sich. Im Dunkel tastete Hester nach ihr. Nein, in ihrem Bett war sie nicht. Ob sie sich heimlich in Hesters Bett versteckt hatte, um sie zu überraschen?

Aber auch Hesters Bett war kalt. «Maus!» rief sie.

Sie lief ins Vorzimmer, zog nochmals ihr nasses Kleid über und krabbelte wieder hinaus. Es schneite nicht mehr so stark. Sie rutschte zum Eingang der Maus hinter dem Baum. Er war zugeschneit.

«Komm nur, komm», flüsterte Hester. Mit beiden Händen schaufelte sie den Schnee beiseite. «Ich mache deine Tür wieder auf, liebe Maus!»

Als sie fertig war, ging sie wieder hinein, um sich ein zweites Mal warm zu reiben. «Heute nacht darf mir nicht zu kalt werden», murmelte sie, «sonst werde ich zu schläfrig, und dann höre ich nicht, wenn die Maus wiederkommt.»

Sie setzte sich in ihr Vorzimmer, so daß sie nach draußen sehen konnte. Sie deckte sich warm zu mit Moos und Stroh und altem Laub und allem, was nur im Vorzimmer herumlag. Sie mußte es warm haben.

Der Schnee war natürlich viel zu hoch für die Maus. Sie war ja selber beinahe darin versunken. Wie sollte die Maus da jemals nach Hause finden?

Hinter einem der Bäume trat der Mond hervor. Wie schön! Jetzt würde es nicht so dunkel werden, nicht so scheußlich dunkel wie seinerzeit im Puppenschrank.

Lärm schlagen, das mußte sie! Dann würde die Maus sie hören. Sie würde sich einfach nach ihrer Stimme richten. Hesters Stimme kannte sie schließlich gut. Sie hatte ihr ja immerzu die Ohren vollgeredet. Hester mußte lächeln.

«Maus!» rief sie, «hier bin ich! Hier ist dein Zuhause!» Das rief sie so lange, bis sie müde wurde. Danach sang sie alle Lieder, die sie kannte. Das Lied von der Fee, die dafür sorgte, daß alles wieder gut wurde. Das Lied von dem Piratenkapitän, der sein Bein wiederhaben wollte. «Jo hoo!» sang Hester, daß es durch den stillen Wald schallte.

Nachdem sie alle Lieder gesungen hatte, die sie aus dem Puppenschrank kannte, sang sie das Lied, das sie selbst für den Regen erfunden hatte. Danach machte sie ein Lied für die Maus, mit Worten, die die Maus genau verstehen würde.

Aber die Maus kam nicht.

Der Schnee wirbelte wieder durch die Luft, und der Wind spielte mit den Flocken. Es war, als würde der Wind in der Lichtung vor der großen Buche Standbilder machen, Statuen, die zu leben schienen. Große weiße Männer mit irgendwas auf dem Rücken marschierten hin und her durch den Wald. Manchmal blieben sie stehen und bückten sich, um Hester anzusehen.

«Fort mit euch», sagte Hester, «ich muß für die Maus sorgen!»

Die weißen Statuen kamen näher. Sie waren so kalt, daß Hester sie spüren konnte.

Da dachte sie sich das Lied vom Sommer aus. Von Schmetterlingen, die zu den Blumen zurückkehrten, und Eichhörnchen, die in den Baumwipfeln spielten. Von Mäusen, die neue Höhlen ins warme Erdreich gruben.

Die weißen Gestalten wichen, wichen von Hesters Zuhause und wurden wieder zu Statuen und danach wieder zu Schneeflocken, die durch den Wald tanzten.

Hester sang, bis ihr die Augen zufielen.

8

Zwei Tage und zwei Nächte hatte Hester darauf gewartet, daß die Maus wiederkommen würde. Und sie hatte nachgedacht.

Vor ihr auf dem Tisch lagen Beeren, Eicheln, Getreidekörner und alle anderen Dinge, von denen die Maus geglaubt hatte, sie würden ihr schmecken. Seit jenem Tag, an dem sie ihr erstes Geschenk bekommen hatte, hatte die Maus ihr täglich etwas mitgebracht. Hester hatte alles gut aufgehoben.

Das Bucheckerchen lag auf ihrem Schoß. Sie hatte es die letzten Stunden immer wieder poliert, und es glänzte wie die Steine im Bach des Waldes.

Die Maus kam nicht wieder, dessen war sie sich jetzt sicher. Vielleicht war sie inzwischen tot. Oder vielleicht hatte sie eine andere Höhle gefunden, als es zu schneien anfing. Jedenfalls kam sie bestimmt nicht mehr zurück.

Hester seufzte. Nach draußen konnte sie nicht mehr. In der dünnen Schneeschicht, die liegengeblieben war, würde man ihre Spur genau verfolgen können.

Sie wußte nicht, was sie tun sollte. Zurück auf die Bühne, das wollte sie schon. Aber zurück zum Puppenmann? «Zum Teufel mit dem Puppenmann», flüsterte Hester.

Vielleicht könnte sie es mit einem Winterschlaf versuchen, sie wußte es noch nicht. Vielleicht sollte sie im Bett auf den Sommer und die Tiere warten.

Aber erst würde sie tun, was die Maus gewollt hatte. Das war ihr in den vergangenen zwei Tagen und Nächten in den Sinn gekommen.

Die Maus hatte gewollt, daß sie aß. Immer hatte der Puppenmann gesagt, lebende Puppen dürften nicht essen. «Der Puppenmann ist ein Lügner», murmelte Hester, «ein verdammter Lügner! Die Maus wollte, daß ich esse. Die Maus hat mir zugehört. Sie hat mir zugezwinkert und Futter gebracht.»

Sie nahm den Hut einer Eichel, schöpfte sich draußen ein wenig Schnee damit und stellte ihn vor sich auf den Tisch. Es dauerte lang, bis der Schnee geschmolzen war.

Sie brach eine rote Beere auf, die war innen gelb. Sie führte sie zum Mund, kniff die Augen zu und biß hinein.

Der Saft in ihrem Mund fühlte sich an wie die Regentropfen, in denen sie getanzt hatte.

Noch einen Bissen.

Sie mußte an die Gesichter fröhlicher Menschen denken. Menschen, die Äffchen hinter den Ohren kraulten und ihnen eine Nuß spendierten. Kinder, die klatschten. Mütter, die ihre Kinder auf die Schulter genommen hatten, damit sie besser sehen konnten. Sie sah die Schlangenfrau vor sich, die ihre Schlangen streichelte.

Sie trank etwas Wasser und steckte sich ein Getreidekorn in den Mund. Ganz vorsichtig begann sie zu kauen. Sie nahm noch einen Schluck Wasser und mußte auf einmal lachen.

«Vielen Dank, liebe Maus! Jetzt weiß ich, was ich zu tun habe. Ich gehe zu den Menschen!»

Am selben Abend, als es dunkel zu werden begann, setzte sich Hester auf das Bett der Maus und besah sich ihr Heim. Sie sah das kleine Podest, auf dem sie der Maus immer etwas vorgespielt hatte. Die duftigen, farbenfrohen Laubbüschel an der Wand. Den blauen Schimmerglanz ihres Tisches. Ihr Bett. Sie sah es, wie die Maus es gesehen haben würde.

«Es war ein schönes Zuhause», sagte Hester. Ihre Stimme zitterte. «Aber jetzt gehe ich und suche mir ein anderes. Eins mit richtigen Menschen … Das verstehst du doch, liebe Maus? Das hast du doch gewollt?»

Sie holte tief Luft und sah noch einmal hin. Sie fühlte noch einmal in der Tasche ihres Kleides. Das Bucheckerchen lag gut darin versteckt, unter drei Beeren.

«Na denn, tschüs, mein Zuhause», flüsterte sie, «und danke.»

Langsam ging sie ins Vorzimmer und kletterte aus der Höhle. Die Abendluft war stechend kalt, und sie zog ihr dünnes Kleidchen etwas fester um sich. Anscheinend war es viel kälter geworden.

Ihr war seltsam zumute, leicht schwindelig, als wäre sie an diesem Tag sehr weit und sehr schnell gelaufen.

Sie warf noch einen Blick zurück auf ihre Höhle. Die dunkle Öffnung schien regelrecht nach ihr zu rufen. Da drinnen war es warm und sicher.

«Ich möchte nicht mehr allein sein», murmelte Hester, «also weiter!» Sie wandte sich ab und ging und sah sich nicht einmal mehr um.

Es war still im Wald. Man hörte nur das Knirschen des Schnees unter Hesters Füßen. Ab und zu knackte ein Zweig, den sie unter der Schneedecke übersehen hatte. Sie mußte zum Waldweg, aber statt dessen irrte sie kreuz und quer durchs Gehölz. Ihre Füße trugen sie zu allen ihr bekannten Orten.

Hier hatten die Krähen den Sturm ausgelacht. Sie sah in die Höhe, aber in den dunklen Baumwipfeln waren keine Krähen. Nur der Mond stand da, und Eiszapfen ließen ihre Tränen von den Zweigen fallen.

In dem gefrorenen Bach konnten die Amseln sich nicht mehr waschen. Blaugrau glänzte er im Mondlicht, daneben stand verträumt die Trauerweide.

Unter dem schwarzen Himmel war die Schmetterlingswiese wie eine kahle weiße Fläche.

Im Wald herrschte Stille. Alles schlief.

Sie dachte an die Eichhörnchen und die Spechte. Wo die jetzt wohl waren? Und die Kohlmeisen? Ob sie es auch warm genug hatten? «Tschüs», sagte Hester und rannte zum Waldweg.

Der Weg war schneeverweht, der Schnee lag dort in einer viel dickeren Schicht als im Wald. Eine Wagenspur durchzog ihn, und Hester erkannte die

Abdrücke von Pferdehufen und Menschenschuhen.

Sie rutschte vom Waldesrand auf den Weg und versank bis an ihr Kleidchen im Schnee. So ging das natürlich nicht. In dem dicken Schnee würde sie niemals vorankommen, und ihr war schon so müde und schwindelig. Wieso schwindelte ihr? So weit war sie doch noch nicht gegangen ... Sie schüttelte den Kopf. Sie mußte aus dem kalten Schnee heraus ... Die Wagenspur!

Mühsam kletterte sie über Vorsprünge und Unebenheiten, bis sie ihre Füße in die Wagenspur setzen konnte. Und jetzt weiter!

Weitergehen, einen Fuß vor den anderen setzen, dann kam man von ganz allein irgendwo heraus. Wagen fuhren nicht von nirgendwo nach nirgendwo. Sie tauchten nicht aus dem Dunkel auf, um im Dunkel zu verschwinden. Sie fuhren zu Menschen.

Der Waldweg glich einem kleinen Bach. Nein, einem Fluß, der sich weiß durchs Dunkel schlängelte, hin zu jenem schwarzen Loch in der Ferne. Dort verschwand der Fluß.

«Weitergehen», murmelte Hester.

Es war, als würde das schwarze Loch überhaupt nicht näherrücken. Als würde sie stillstehen und der Fluß unter ihr hindurchfließen, nirgendwohin. Am allerseltsamsten war, daß der Fluß so still lag. Ein so reißender Fluß schäumte und toste normalerweise, aber dieser hier jagte geräuschlos dahin und ließ sie allein.

Das Schwindelgefühl wurde schlimmer, und sie

hatte so kalte Füße. Einen Moment lang blieb sie stehen ...

Hester sank auf den Waldweg. Sie mußte sich ausruhen. Ihr fror gar zu sehr, und sie war allzu schläfrig. Träumte sie mit offenen Augen? Der Waldweg war kein Fluß! Er war einfach ein Weg, ein ausgefahrener Weg.

Nur für einen Moment die Augen schließen und richtig träumen. Es war, als wäre sie wieder daheim. Daheim in ihrem schönen, warmen Bett. Die Maus war auch da. «Hallo Maus», murmelte Hester. «Wie schön, daß alles mit dir in Ordnung ist.»

Wie seltsam sich die Maus benahm! Sie stand aufrecht neben ihrem Futtervorrat, schlug mit dem Schwanz auf den Boden und guckte ganz böse. «Ich habe bestimmt nichts gestohlen!» rief Hester.

Die Maus sprang auf sie zu und stupste sie mit der Schnauze an. «Ich habe dein Futter nicht!» sagte Hester.

Da rannte sie wieder und schleppte ihre Vorräte herbei. Alles brachte sie zu Hester ans Bett. «So viele Geschenke!» wunderte sich Hester. Die Maus leckte ihr übers Gesicht, und sie öffnete die Augen.

Eine Schneeflocke lag auf ihrer Wange, die war überhaupt nicht kalt.

«Essen», sagte Hester. «Ich muß essen, ich habe Hunger!» Sie holte eine Beere aus der Tasche ihres Kleidchens und begann zu kauen. Noch eine Beere. Langsam wurde ihr etwas wärmer. Sie stand auf und reckte sich. Das Schwindelgefühl ließ nach, und aus dem Waldweg wurde wieder ein gewöhnlicher sich windender Pfad.

‹Wenn man einmal angefangen hat zu essen›, dachte Hester, ‹kann man nicht mehr damit aufhören. Sonst bekommt man nämlich Hunger. Genau wie die Menschen!›

Sie setzte ihren Weg fort, und ab und zu vollführte sie einen kleinen Sprung. «Wie die Menschen!» sang sie bei jedem Tanzschritt.

So froh war Hester, daß sie den Wald musizieren hörte. Ein Windseufzer in den Bäumen begleitete ihr Tänzchen mit tiefen Flüstertönen. Der Schnee flimmerte unter ihren Füßen, und Eiszapfen tropften wie die kleinen Glöckchen auf der Drehorgel des Affenmannes. «Ting, tingeling», machten die Eiszapfen. Und Hester tanzte dahin über den Waldweg.

Ting, tingeling. Ding, dingeding.

Die Glöckchen klangen lauter. Sie klangen wie Schellen, aufgehängt unter einem kupfernen Bogen.

Mitten in einer Drehung hielt Hester inne. Ihr Kleid schwang noch einen Augenblick wie ein Reif um sie und fiel dann langsam herab.

«Ding, dingeding.»

Aus dem schwarzen Loch am Ende des Waldwegs löste sich ein dunkler Fleck und näherte sich ihr.

Der Puppenmann! Hester drehte sich um und rannte, was ihre Beinchen hergaben.

9

Sie glitt und stolperte über den Weg, so schnell ihre Beine sie trugen. Ab und zu schaute sie sich um. Er kam nicht näher, aber sie wurde ihn auch nicht los. Der Puppenmann hatte zu lange Beine.

Wieder in den Wald? In den Wald konnte sie nicht, er würde sie finden. Er würde ihre Fußspuren sehen und sie im Nu aufgreifen.

Also hieß es weiterrennen.

‹Ding, dingeding›, bimmelte es ihr durch den Kopf ... Sie konnte das Pfeifen seines Atems hören, seine stapfenden Schritte ... Noch in weiter Ferne ... aber die Geräusche kamen näher.

Halt, nein ... das da kam von der anderen Seite, und es klang anders. Ein Pferd! Vor ihr tauchten aus einer Kurve im Waldweg zwei Lichtlein auf. Es war ein Pferd, das einen Karren zog.

Rennen!

Die Öllaternen, die an beiden Seiten des Kutschbocks hingen, näherten sich rasch. Nicht weil das Pferd sich so beeilte, sondern weil Hester schneller lief, als sie jemals gelaufen war.

Sie war schon ganz nah. Plötzlich sah sie ein altes, graues Pferd vor sich, das mit geschlossenen Augen dahergetrottet kam. Fast konnte man meinen, es schliefe. Auch der Fuhrmann hing wie eingeschlummert auf dem Kutschbock, seinen Schlapphut hatte er tief ins Gesicht gezogen.

Jetzt war sie auf gleicher Höhe mit dem Fuhrwerk. Kurzentschlossen sprang sie zwischen die Räder des Karrens und lief derart versteckt in Richtung Puppenmann. Verzweifelt besah sie sich die Unterseite des Karrens. Gab es da nichts, woran sie sich festhalten konnte?

«Halt!»

Das war die Stimme des Puppenmannes. Der Karren fuhr knirschend noch ein Stück weiter, dann gab es ein schabendes Geräusch, und das Gefährt kam ruckhaft zum Stehen. Sie versuchte, sich im Schatten eines der großen Räder zu verstecken.

Sie sah, wie der Puppenschrank auf dem Waldweg abgesetzt wurde. Er stand für sie bereit.

«Geld – habe ich nicht.» Der Fuhrmann klang heiser und redete fast ebenso stockend, wie sein Pferd sich fortbewegte.

«Ach Mensch», sagte der Puppenmann, «um deine armselige Ladung ist es mir überhaupt nicht zu tun! Ich suche meine Puppe! Hast du meine Puppe gesehen?»

«Suchen wir – nicht allesamt irgendwas? Mein Pferd sucht Hafer. Ich – ein warmes Bett.» Der Fuhrmann räusperte sich, und der ausgehustete Schleim spritzte dem Puppenmann vor die Füße.

«Verfluchter Kerl! Ich frage dich nochmals: Hast du meine Puppe gesehen? Ich bin sicher, daß sie hier in diesem Wald sein muß. Außerdem bin ich mir fast sicher, daß ich sie gerade noch auf diesem Weg habe davonlaufen sehen. Also? Ich hab's eilig!»

«Die Räder der Zeit», röchelte der Fuhrmann. «Wenn sie stille stehn – eine Leiter zur Ewigkeit.»

«Verdammter Irrer, was faselst du da? Bißchen Tempo!»

Auf dem Karren blieb es ein Weilchen still. Das Pferd scharrte mit einem Hinterhuf über den Schnee. Schneestaub stob Hester ins Gesicht, kitzelte sie in der Nase.

‹Räder?› dachte Hester. ‹Stillstehende Räder der Zeit? Eine Leiter?›

«Nachdenken», sagte der Fuhrmann, «ein alter Mann darf doch wohl noch nachdenken. Die Jahre steigen.»

Hester besah sich das Rad. Steigen? Die Speichen bildeten eine Art Leiter, und in der Mitte lief eine Stange unter dem Karren hindurch zum gegenüberliegenden Rad. Daran könnte sie sich festhalten. So schnell sie konnte, fing sie an zu klettern. Wenn der Puppenmann sie jetzt bloß nicht sah!

«Hast du sie gesehen oder nicht?»

Sie war bei der mittleren Speiche, hielt sich an einer höheren fest und rutschte zur Achse. Sie klammerte sich daran und rutschte auf ihr zur Mitte des Karrens. Dort war ein gekrümmtes Eisen angebracht, auf das schwang sie sich.

«Mann», drohte der Puppenmann, «ich bin das ganze Stück von dieser verfluchten Herberge mit dem verfluchten Buckligen bis hierher gelaufen. Ich bin müde. Hast du sie gesehen?»

«Die Nachteulen», sagte der Fuhrmann, «fliegen tief – heute Nacht.»

«Einfältiger Narr!» knurrte der Puppenmann. Hester sah seine Beine, die näherkamen. Ein Lichtschein fiel unter den Karren. Sie klammerte sich an das Eisen und versuchte unsichtbar zu werden, durchsichtig wie Glas. Sie starrte auf seine glänzenden Stiefelspitzen.

«Mein Pferd», sagte der Fuhrmann. «Es wird etwas dauern – ehe es wieder läuft. Es ist eingeschlafen. Nichts wie Ärger.»

Hester hörte es knarren und spürte, wie der Karren schaukelte. Das Licht fiel jetzt unter das hintere Wagenende. Vorne tauchten zwei Holzschuhe auf, die sich auf das Pferd zubewegten.

«Dein Ärger interessiert mich nicht, Mensch!» sagte der Puppenmann. Das Licht verschwand, und die Stiefel bewegten sich knirschend durch den Schnee auf das Pferd zu. «Was ist dein Ärger schon im Vergleich zu meinem? Seit Monaten suche ich das Land ab. Damals am ersten Tag hätte ich den Wald besser durchkämmen müssen ... Dieser verfluchte Bucklige mit seinem verfluchten Schnaps!»

«Das», sagte der Fuhrmann, «war zum fünften Mal verflucht – Pferd. Unser Reisender ist böse.»

«Hol dich der Teufel», sagte der Puppenmann. «Einfaltspinsel!» Hester sah, wie der Schrank vom Boden aufgehoben wurde. Die Schellen klingelten, und die Stiefel stampften durch den Schnee, bis das Geklingel in der Ferne verschwand.

«Pferd», flüsterte der Fuhrmann, «nun wach schon auf. Was würdest du tun, wenn du eine lebende Puppe wärst?» Er sprach jetzt überhaupt nicht mehr stockend und träge. Seine Stimme klang freundlich.

«Würdest du lieber auf so einem Karren sitzen als derart gefährlich an der Unterseite zu hängen? Was meinst du, Pferd, wäre es nicht schön warm hinten auf dem Wagen, zwischen den Mehlsäcken?»

Das Pferd schnaubte. «Verstehst du, Pferd?» fragte der Fuhrmann freundlich. «Sollen wir also bald weiterfahren? So daß sich die Räder wieder drehen?»

In Windeseile ließ Hester sich zu Boden gleiten. Sie kraxelte am Wagenrad hinauf, kletterte über die Seitenwand des Karrens und verkroch sich zwischen den Säcken.

Der Fuhrmann stieg auf den Bock. «Du würdest wohl am liebsten schlafen, was, mein Pferdchen? Mitten in einem Hafersack?» Er schnalzte mit der Zunge, und der Wagen schaukelte weiter. «Ich möchte wohl auch schlafen», sagte der Fuhrmann, «am liebsten in eine warme Decke gepackt. Ist auch viel zu kalt, um Angst zu haben, nicht wahr, mein Pferd?»

Ganz in Hesters Nähe, zwischen den Mehlballen, lagen ein paar leere Säcke. Sie zog einen über sich und hörte, was der Fuhrmann seinem Pferd erzählte: daß alle irgend etwas suchten und daß die Menschen viel zu sehr in Eile wären.

Der Karren schaukelte, und der Fuhrmann murmelte, und der Mond fuhr mit über dem Waldweg. Langsam wurde Hester warm, und mit der Kälte verschwand auch die Angst. Es klingelte nicht mehr in ihrem Kopf. Das Bild von dem großen Schrank und den schwarzen Stiefeln verblaßte.

Sie fand den Fuhrmann nett. Er hatte eine Stimme, zu der man reden möchte. Aber wieso sprach er nur mit dem Pferd? Wieso nicht zu ihr? Er wußte doch genau, daß sie auf den Karren geklettert war, es war ja seine Idee gewesen. Sie wagte nicht, ihn anzusprechen.

Das Pferd wieherte leise. «Natürlich wärst auch du davongelaufen, wenn du eine lebende Puppe gewesen wärst, mein Pferd.» Der Fuhrmann schnalzte mit der Zunge. «Das verstehe ich gut. Aber davonlaufen allein reicht nicht. Das muß selbst ein Pferd einsehen. Man muß jemanden finden ...»
Hester nickte im Dunkeln. ‹Jemanden, der einem Antwort gibt›, dachte sie. ‹Wie die Maus, aber mit Worten.›
Das Pferd schnaubte. «Nein, nein», sagte der Fuhrmann, «*ich* könnte einer lebenden Puppe nicht helfen. Ich bin bloß ein einfacher Mann. Was weiß denn ich schon. Ich rede halt bloß mit meinem Pferd.»
Hester sah hinauf zum Mond. Wenn es stürmte, war der Wald wie ein Meer. Jetzt erschien ihr der Karren wie ein kleines Schiff, das ruhig über einen nächtlichen See schaukelte. Sie wurde langsam schläfrig.
Mit einem Ruck stand der Karren still. Hatte sie wirklich geschlafen? Sie spähte über den Rand des Wagens und sah ein niedriges, langes Haus mit runden Fenstern. Vor dem Haus standen zwei große Bäume. Aus dem Innern drangen fröhliche Stimmen.
Der Fuhrmann rutschte von seinem Bock. Er stand mit dem Rücken zu Hester und redete auf einmal ganz schnell: «Der Puppenmann hat gesagt, er sei heute erst hier gewesen. Also wird er so rasch nicht wiederkommen. Er hat den Buckligen und

den Schankwirt verflucht, das heißt, vielleicht magst du sie ja gerade deswegen.» Seine Stimme klang noch heiserer als vorhin. «Ich an deiner Stelle würde hier in diese Herberge gehen ...»

Hester besah sich das Haus. Gelächter und Gejohle drang daraus hervor. Sie dachte an die Kneipen, in denen sie mit dem Puppenmann gewesen war.

«Kann ich nicht mit Euch fahren?» flüsterte sie dem Rücken des Fuhrmanns zu. «Ich mache nicht viele Umstände. Schlafen kann ich auch bei dem Pferd.»

Noch immer wandte der Fuhrman sich nicht nach ihr um, sondern kratzte statt dessen mit einem Fuß im Schnee. «Gegen den Puppenmann kann ich es nicht aufnehmen», sagte er. «Besser, du gehst jetzt zu der Herberge.»

Hester kletterte über den Wagenrand und rutschte an einem Rad nach unten. Sie ging zwei Schritte auf das Haus zu. «Danke schön», flüsterte sie.

Da drehte der Fuhrmann sich um. Hester sah, wie das Mondlicht in seinen Augen schimmerte. «Ein Mensch tut, was er kann», sagte er leise, «und manchmal ist das viel zu wenig.»

Er stieg auf den Bock, schnalzte mit der Zunge, und der Karren holperte weiter, hinein in die Dunkelheit.

10

Hester stand noch eine Weile reglos da, ehe sie langsam auf die Herberge zuging. Eine Tür öffnete sich, und Stimmen und Gelächter schlugen ihr entgegen. Ein Hund kam herausgehuscht und rannte bellend und in einem großen Bogen hinter das Haus.

‹Ich bin nicht davongelaufen, um in einer Gastwirtschaft zu landen›, dachte Hester. ‹In einer Gastwirtschaft gibt es betrunkene Männer.›

Trotzdem ging sie weiter. Es war kalt, und die Geräusche, die aus der Herberge drangen, klangen richtig fröhlich. Und sie war allein.

Zwischen zwei der runden Fenster stand ein kahler Strauch, hochgebunden gegen ein Lattenwerk. Darüber war noch ein Fenster, aus dem helles Licht fiel. Vielleicht sollte sie als erstes von dort einen Blick hineinwerfen.

Es war ganz einfach, an dem Lattenspalier hinaufzuklettern. Die Fenster lagen so tief in dem dicken Mauerwerk, daß auf dem Sims wohl drei Hesters Platz gefunden hätten. Sie sprang von der Latte in die steinerne Mauerrundung, setzte sich und spähte hinein.

Das Fensterglas war leicht beschlagen, aber hier und da gab es Stellen, durch die sie gut ins Innere sehen konnte. Sie drückte ihr Gesicht gegen die Scheibe.

Die Schankstube war voller Menschen. Männer und Frauen saßen an langen Tischen und hatten Gläser und dampfende Schüsseln vor sich. Über dem Kaminfeuer hing ein großer schwarzer Kessel, in dem ein Mann herumrührte. Ab und zu kostete er, dann rief er etwas. Was, das verstand sie nicht. ‹Bestimmt ist das Essen noch nicht fertig›, dachte sie.

Hinter dem Tresen stand ein hochgewachsener Mann in grüngelber Jacke und füllte die Gläser. Er hatte sie nebeneinander auf ein Tablett gestellt und goß mit schräggehaltener Flasche in einer einzigen Bewegung alle Gläser voll. Als er mit dem Tablett durch den Raum ging, bemerkte sie den schiefen Höcker auf seinem Rücken. War das der Bucklige, der dem Puppenmann so zuwider war? Ehe sie sein Gesicht richtig hatte sehen können, verschwand er durch eine Tür.

Jocriss schloß die Küchentür hinter sich und lehnte sich gegen die Wand. Die Samstagabende waren anstrengend.

Im Frühling und Sommer, wenn er durch das Land zog, sehnte er sich nach Herbst und Winter und nach der Arbeit in der Herberge «Zu den zwei Kastanien». Aber kaum hatte der Winter angefangen, packte ihn jedesmal wieder die Unruhe. Dann wollte er, es wäre schon wieder Frühling. Er rieb sich die Schulter und fuhr sich mit der Hand durchs Haar. Heute war er besonders ruhelos.

Die Wirtin schnitt gerade dicke Scheiben Wurst auf der Hackbank in der Küche. Jetzt ließ sie ihr Messer sinken. «Du machst dir Sorgen wegen des Puppenmannes», sagte sie. Eine Frage war das nicht.

«Kann schon sein, Katerina.» Jocriss sah sie erstaunt an. «Eigentlich hatte ich die ganze Sache schon fast vergessen, bis heute, als dieser Schurke wieder auftauchte ... Das arme kleine Ding! So ganz allein in dieser Kälte.»

«Du hast sie nicht vergessen», sagte Katerina.

«Nein.»

«Morgen gehst du und suchst sie», sagte Katerina entschieden. «Wenn er meint, sie wäre noch hier im Wald, dann muß sie auch dort zu finden sein.»

«Ja», sagte Jocriss und lachte.

«Deinen letzten Auftritt heute abend kannst du ausfallen lassen. Ich bin sicher, Karel wird nichts dagegen haben. Du hast zu schwer gearbeitet den Winter über. Und du machst dir zu viele Sorgen.» Sie runzelte die Stirn und hieb ihr Messer wütend in die Wurst.

«Nun mal langsam, die Wurst ist nicht der Maestro!»

«Du bist nicht bloß hier, um zu arbeiten, Jocriss, das weißt du genau. Du hast die Leute verwöhnt. Drei Auftritte jeden Samstagabend, und dann noch die anderen Abende ... Du sollst dich auch ausruhen, hier bei uns.»

Sie stemmte die Arme in die Hüften und sah

grimmig zu dem hochgewachsenen Mann auf.
«Morgen gehe ich auf die Suche. Aber heute abend mache ich noch meinen dritten Auftritt. Schließlich habe ich dann ja frei.»
«Als wäre die Sucherei morgen nicht auch anstrengend für dich», schimpfte die Wirtin.

Hester saß sehr bequem in der breiten Rundung vor dem Fenster. So konnte sie alles sehen, was sich drinnen abspielte, und die dicke Mauer schützte sie vor dem nächtlichen Wind. Die Wärme, die durch das Glas nach draußen abstrahlte, war angenehm.
Im Lokal begann der Mann am Kessel, Schüsseln vollzuschöpfen. Er lachte, und Hester holte eine Beere aus ihrer Tasche.
Ihr fiel die Bemalung auf der Bude des Wahrsagers ein. ‹Der Mann im Mond, so ungefähr muß es aussehen, wie ich hier oben sitze›, dachte sie. Sie mußte innerlich darüber lachen. Hester, die zum Mond davongelaufen war.
Da war auch der Mann mit dem Buckel wieder. Sie drückte ihre Nase gegen das Fenster.
Nein, er hatte kein freundliches Gesicht. Auch nicht böse ... Sie kannte ein solches Gesicht ... Der Narr aus dem Puppenspiel, Häkchen J, genau so ein Gesicht hatte er. Witzig, aber auch ein bißchen verschlagen. Und diese kleinen Fältchen um die Augen! So ganz genau konnte sie das natürlich nicht sehen, aber sie war sich ziemlich sicher, daß er auch solche Fältchen hatte.

In der Schankstube wurde es noch lauter. Sie hörte, wie einige Leute mit beiden Händen auf die Tische schlugen. Schon bald machten alle mit.

Der Mann in Grün und Gelb sprang auf einen Tisch, und die Leute klatschten rhythmisch in die Hände. Jemand nahm eine Geige von der Wand und begann zu spielen.

Es war eine wilde Melodie, und der Mann mit dem Buckel tanzte. Seine Beine wirbelten hoch durch die Luft, und seine Rockschöße flatterten, wenn er sich im Kreis drehte. Hester erkannte den Tanz. Der Tanz war wie ihr Lied vom Sommer, nur wilder. Könnte sie doch nur mittanzen ...

Sie stand auf und drückte ihr Gesicht gegen das Glas. Keinen Schritt und keinen Sprung wollte sie verpassen.

Die Geige spielte jetzt noch wilder. Plötzlich schlug der Mann ein Rad, ohne daß er dabei den Tisch mit den Händen berührt hätte. Er wirbelte umher, daß es mitunter den Anschein hatte, als würde er schweben.

Die Leute klatschten und trampelten, und der Mann sprang von Tisch zu Tisch, schwang und drehte sich und schlug Purzelbäume. ‹Wie ein Schmetterling im Wind über den Blumen›, dachte Hester. Sie vergaß, daß sie aufrecht vor dem Fenster stand, bis der Mann auf dem Tisch unter ihrem Fenster landete, sich umdrehte und ihr geradewegs in die Augen sah.

Sie duckte sich, versuchte sich möglichst klein zu machen, in den Steinen der Mauer zu verschwinden.

Sie hörte, wie das Geigenspiel im Innern plötzlich abbrach, wie die Tür aufging und der Lärm nach draußen drang. Sie schloß die Augen.

«Komm nur, Häkchen B», sagte eine Stimme.

«Nein!» entgegnete Hester.

«Drinnen ist es warm.»

Die Steine waren kalt. Er hatte sie gesehen. Sie

öffnete die Augen und setzte sich kerzengerade: «Nein!»

Vor ihr stand der Tänzer in seinem grüngelben Anzug. Er keuchte noch ein wenig.

Hester stand auf und wich zurück gegen die Fensterscheibe. Wie nahe sein Kopf war! Sie sah, daß er tatsächlich kleine Fältchen um die Augen hatte.

‹Was heißt hier nein?› schien das Gesicht mit großem Ernst zu fragen.

«Hester», sagte Hester. «Ich heiße nicht Häkchen B!»

«Ich bin Jocriss. Drinnen ist es warm, Hester.»

Hester, er hatte sie Hester genannt! Sie ging einen Schritt auf ihn zu. Jocriss streckte beide Hände aus und hob sie hoch auf seine Schulter.

11

Als sie in die Herberge eintraten, hätte Hester sich am liebsten versteckt. Alle drehten die Köpfe nach ihr.

«He, Jocriss», rief jemand. «Hast du eine neue Nummer einstudiert? Eine mit einer Puppe?» Manche Leute fingen an zu klatschen, und Hester wurde etwas ruhiger. Niemand schien sich zu wundern. Fast war es, als käme jeden Tag eine lebende Puppe auf den Schultern eines hochgewachsenen Mannes zur Tür herein.

Der Mann hinter dem Tresen, derselbe, der auf der Geige gespielt hatte, nahm einen Holzlöffel und schlug damit dreimal gegen einen großen Kupferkessel an der Wand. Im Schankraum wurde es still.

«Das ist Karel», flüsterte Jocriss Hester ins Ohr.

«Liebe Leute», sagte Karel, «das hier ist eine Freundin von Jocriss. Wir erwarten sie schon seit drei Monaten. Zur Feier des Tages gibt es ein gutes Glas auf meine Kosten, und danach schließen wir.»

«Wir wollen noch eine Geschichte!» rief eine Frau.

Karel warf Jocriss einen fragenden Blick zu.

«Gleich», rief Jocriss über den Lärm hinweg. Vorsichtig hob er Hester von seiner Schulter und setzte sie in ein Eckchen neben dem Feuer.

Gläser wurden verteilt, und Jocriss holte für Hester ein Hockerchen und schöpfte ihr ein Schüsselchen voll Suppe. Er legte einen Löffel dazu und hockte sich neben sie. «Weißt du, wie das geht?» flüsterte er.

Hester nickte. Sie hatte den Puppenmann so oft essen sehen. Sie schlug die Augen nieder. Dieser große, fremde Mann neben ihr machte sie ganz verlegen. Er war nett, aber in seinen Augen sprühten auch spöttische Lichter.

«Das wird dich aufwärmen», sagte er. «Du darfst, mußt aber nicht ... Ich gehe jetzt und helfe Karel.» Er stand auf und verschwand in der Küche.

Die Suppe in ihrem Schüsselchen dampfte, und sie spürte, daß sie Hunger hatte. Sie nahm den Löffel und ließ ihren Blick durch die Schankstube schweifen.

Niemand achtete auf sie. Die Leute waren viel zu sehr mit ihrem Gelächter und ihren Unterhaltungen beschäftigt und damit, den Wein zu kosten, den Karel herumreichte. Ein Mann fing ihren Blick auf. Er hob sein Glas und zwinkerte ihr zu.

Es war warm neben dem Feuer. Jetzt erst spürte sie, wie kalt es draußen gewesen war. Die Öllichter flackerten, und ihr Schein tanzte über die dicken roten Vorhänge, die die Nacht draußen hielten. Das Licht brach sich in tausend kleinen Sternchen auf den Gläsern hinter dem Schanktisch. Kupfertöpfe hingen wie kleine Sonnen an der Wand. Da oben war das Fenster, hinter dem sie gesessen hatte. Zum Glück waren die Vorhänge dort offen gewesen.

Sie nahm einen Löffel von der Suppe. Sie schmeckte gut, es erinnerte sie an jenen warmen ersten Tag im Wald, den Tag, an dem sie den blauen Stein für ihren Tisch gefunden hatte. Die Sonne hatte an diesem Tag derart geschienen, daß ihr ganz warm davon geworden war. Natürlich auch davon, daß sie sich mit dem Stein abgeschleppt hatte, aber als sie sich rücklings ins Moos hatte fallen lassen, mitten in die Sonne ... So warm war ihr noch nie gewesen, außer jetzt.

Sie nahm noch einen Löffel.

Jocriss kam wieder herein. Er setzte sich auf den Tresen und ließ die Beine baumeln. Einige Leute klatschten bereits. Jetzt schaute er wieder so spöttisch drein. Er hatte tatsächlich viel Ähnlichkeit mit Häkchen J.

«Meine Damen und Herren, liebe Bauersleute», sagte Jocriss.

«Gib acht, was du sagst!» rief jemand. «Sind Bauersleute vielleicht keine anständigen Herrschaften?» Andere Gäste lachten. «Und der Schmied und der Müller sind auch da!»

«Gut», sagte Jocriss: «Schlampen, Schurken und Halunken! Ist das besser? Freßsäcke und Saufbolde! Habe ich niemanden vergessen? Sind jetzt alle zufrieden?»

Hester legte ihren Löffel hin. Bestimmt würde es jetzt Streit geben, Schläge und Gebrüll. Und sie würde nicht davonlaufen können, sie reichte nicht einmal bis zur Türklinke. Weshalb benahm er sich

so? Es war hier doch ganz nett ...

«Bravo!» rief ein Mann. «Schurken sind wir alle miteinander!» Er biß in ein großes Stück Wurst und nahm einen Schluck Wein dazu.

«Los, erzähle!» rief eine Frau.

«Einen armen Narren wie mich derart zu schinden!» erwiderte Jocriss mit bösem Blick. «Ihr sitzt mit euren dicken Hintern die Stühle platt, und der Bucklige darf arbeiten!»

«Es ist Winter», sagte ein Mann. «Wir können nicht immer arbeiten. Wir sind ja nicht so verrückt wie du!»

«Los, erzähl, oder wir schneiden dir deinen Buckel ab», rief eine große Frau und lachte und schlug auf den Tisch.

Hester sah sich mit großen Augen um. Sie verstand das alles nicht. Es klang, als stritten sie sich, aber niemand war böse, das sah sie ganz genau.

«Eine kurze Geschichte», sagte Jocriss, «ich bin müde.»

«Eine fröhliche Geschichte», sagte der Mann, der Hester zugezwinkert hatte.

«Eine ernste, düstere Geschichte», sagte Jocriss und lachte. «Eine Geschichte, von der Schurken und Schlampen etwas lernen können.»

Es wurde still im Schankraum. Leise nahm Hester noch einen Löffel Suppe.

«Die Geschichte vom grauen Gärtner», sagte Jocriss. «Es war einmal ein Gärtner, der mochte keine Blumen.»

«Wie soll denn das gehen?» fragte jemand. «Es ist sein Beruf, Blumen zu mögen.»

«Jetzt reicht's aber langsam», erwiderte Jocriss streng. «Wenn mir jeder hier einfach ins Wort fällt, bin ich ganz schnell am Ende. Dann höre ich sofort auf.

Es war einmal ein Gärtner, der mochte keine Blumen. Blumen fand er viel zu farbig und bunt. Zu grell. Er fand Blumen aufdringlich und lärmend. Er haßte das Rot und das Gelb und das Blau und alle anderen Farben, welche die Blumen in den Gärten verstreuten, in denen er arbeitete. Die roten Rosen des Grafen und die Pfingstrosen des Bürgermeisters. Die weißen Maiglöckchen im Frühjahr, ja sogar der gelbblühende Bauernsenf im Herbst waren ihm wie Flüche in den Ohren.»

Jocriss nahm einen Schluck Wein. In der Schankstube blieb es still. «Aber er war Gärtner, also mußte er für die Blumen der Leute sorgen ... Nicht, daß er überhaupt keine Pflanzen gemocht hätte, o nein: Er liebte Taubnesseln, den gefleckten Schierling und den schwarzen, bittersüßen Nachtschatten. Die übelriechende Schellwurz, die Witwenblume und die gemeine Pestwurz gefielen ihm wunderbar. Das Totengrünkraut war seine Lieblingspflanze. Aber der Graf und der Bürgermeister und der Müller mit den drei Mühlen sowie alle anderen Leute wollten solche Pflanzen nicht in ihren Gärten.»

‹Natürlich nicht›, dachte Hester. Ihr Löffel lag vergessen neben der Suppe.

«Deswegen haßte der Gärtner die anderen Blumen noch mehr. Nach und nach vernachlässigte er seine Arbeit. Die Rosen des Grafen bekamen keinen Pferdedung mehr und welkten dahin, und zu ihren Füßen wand sich die Taubnessel. An warmen Tagen gab er den Pfingstrosen des Bürgermeisters

kein Wasser. Sie verdorrten, und Schlingpflanzen fraßen ihre vertrockneten Stengel.

‹Gärtner›, sagten die Leute, ‹du mußt besser für unsere Blumen sorgen!› Aber das tat der Gärtner nicht. Nachts, wenn die Leute schliefen, schnitt er die Farben aus ihren Gärten und pflanzte die gemeine Pestwurz und die Witwenblume.

Die Leute begriffen nicht, was geschah, denn tagsüber war der Gärtner freundlich und seufzte wegen der Blumen, die ihre Knospen verloren hatten. Sie begriffen es nicht, bis ihn eines Nachts der Müller mit den drei Mühlen mit der Schere in seinem Garten erwischte. Da nannten ihn die Leute den grauen Gärtner und untersagten ihm, ihr Dorf jemals wieder zu betreten.

Seit dieser Nacht arbeitete der graue Gärtner nur noch in seinem eigenen Garten voller Totengrünkraut. Er war glücklich, bis ...» Jocriss nahm einen Schluck Wein, ließ die Beine baumeln und sah grinsend in die Runde. «Spannend, was?»

‹Bitte!› dachte Hester.

«Weiter», sagte eine Frau. «Zwar habe ich schon bessere Geschichten von dir gehört, aber ich will doch wissen, wie sie ausgeht.»

«Noch nie», sagte Jocriss, «noch nie war so gut für das Totengrünkraut gesorgt worden. Also fing es an zu blühen! Zum ersten Mal, seit sich die Erde dreht! Und als an einem wunderschönen Tag im Frühjahr das Totengrün in allen Farben des Regenbogens blühte und der Gärtner dies sah, da erhängte er sich an dem höchsten Baum, der in seinem Garten stand.»

Jocriss erhob sich. «Also sieht man mal wieder», sagte er, «daß man das Leben nicht unterdrücken kann, selbst wenn man versucht, den Tod zu züchten ... Und damit ihr's wißt: Es geschah hier ganz in der Nähe, vor gar nicht langer Zeit.»

«Das glaube, wer will», sagte ein Mann und hob sein Glas: «Du bist ein Lügner, Jocriss, und wirst es auch wohl immer bleiben. Ein Gärtner, der keine Blumen mag! Was für ein Gedanke!»

In dem aufkommenden Lärm schlug der Wirt mit seinem Löffel auf den Topf. «Wir haben geschlossen!» Lachend und plaudernd zogen die Leute ihre Mäntel an, und die Herberge leerte sich.

12

In dieser Nacht lag Hester nicht lange wach.

Sie hatten noch etwas ums Feuer gesessen, Karel und Katerina und Jocriss und Hester. Gesprochen wurde nicht viel. Es war seltsam: In ihrer Höhle hätte sie so gerne mit jemandem geredet, und jetzt brachte sie fast kein Wort hervor. Sie wagte es kaum, den Leuten ins Gesicht zu sehen.

Katerina hatte sie noch mehr Suppe essen lassen, und danach hatte Karel aufgeräumt. Jocriss war einfach neben ihr sitzen geblieben und hatte in das langsam erlöschende Feuer geschaut.

Ihr Bett stand in einem Zimmer im Erdgeschoß, neben der Schankstube. Katerina hatte es zurechtgemacht, und es war riesig! Es hatte enorme hölzerne Beine, und oben waren Vorhänge. Sie hatte sie ins Bett gelegt und «bis morgen» gesagt und «gute Nacht». Jocriss hatte den Kopf noch einmal durch die Tür gesteckt und ganz ernst «Aber nicht davonlaufen!» gesagt. Aber da war sie schon fast eingeschlafen.

Sie schlief schon längst, als Jocriss bemerkte, er hätte Hester besser durch die Hintertür in die Küche bringen sollen, denn jetzt wüßten alle, daß sie hier sei.

Sie träumte von einem Dorf ganz weit weg. Es lag am Meer, und sie konnte dort mit einem Schiff fahren. Sie lächelte im Schlaf.

Am anderen Ende des Dorfes lagen Wiesen mit Vögeln und Schmetterlingen, und ein altes graues Pferd gab es, auf dem man reiten konnte. Ganz normale Leute wohnten da: häßliche und hübsche, freundliche und unfreundliche, und andere lebende Puppen gab es selbstverständlich auch. Ein Puppenmann wohnte zum Glück nicht dort.

Aber sogar in ihrem Traum wußte sie, daß es so ein Dorf in Wirklichkeit nicht gab; daß es ein Märchendorf aus einer Geschichte war.

Sie warf sich im Schlaf hin und her.

Geschichten. Sie sah sich selbst im Puppenspiel, sah alle Märchen und Geschichten, die der Puppenmann erdacht hatte. Den weinenden Engel und die kreischende Hexe. Den Henker mit dem blutigen Schwert. Sie sah die großen Hände und die Stricke. Sie hörte seine Stimme. «Häkchen B», sagte der Puppenmann, «soll ich dir den Mund zukleben? Du spielst die Geschichte so, wie ich es will! Du tust, was die Stricke sagen, sonst ...»

Sie sah den grauen Gärtner, der mit einer großen Schere durch die Gärten schlich. Er schnitt alle Blumen ab.

Plötzlich saß sie kerzengerade in ihrem Bett. Draußen war irgendwer! Ein großer, dunkler Schatten fiel über ihr Fenster. Etwas kratzte an der Scheibe.

«Ding», tönte es draußen, und sie hörte einen unterdrückten Fluch. Der Puppenmann, es war der Puppenmann! Zunächst blieb sie noch auf ihrem

Bett sitzen, so als wollten ihre Beine nicht hören, daß sie sich bewegen mußten. Dann aber rutschte sie vom Bett und verkroch sich darunter.

«Liebling», klang es am Fenster, «du mein Häkchen B ... Ich bin's. Ich komme dich holen, Liebling!» Die Stimme klang süß und freundlich, wie der Engel aus dem Puppenspiel.

‹Nein, nein, nein›, dachte Hester und verkroch sich noch tiefer unters Bett.

Am Fenster gab es ein leises Knirschen. Sie hörte, wie etwas abbrach, und dann ein schürfendes Geräusch. Das Fenster wurde hochgeschoben. Der Vorhang öffnete sich, und ein kalter Luftstrom wehte ins Zimmer.

Von ihrem Versteck aus sah sie erst einen und dann noch einen glänzenden Stiefel, die beide auf dem Fußboden vor dem Fenster landeten. Sie hörte den Puppenmann keuchen. Die Stiefel kamen näher. Blieben vor dem Bett stehen. Fast hätte sie sie berühren können.

«Liebling, du mein Liebling», sagte der Puppenmann, «komm doch mit mir!»

Sie sah nur die Stiefel, aber sie wußte, daß er sich über das Bett beugte. Fast konnte sie seinen Atem riechen. Sie preßte sich gegen die nackten Dielenbretter unter dem Bett. Wenn sie nur im Boden verschwinden könnte! Wäre sie nur ein Stück Fußboden, dann könnte er sie nicht sehen, sie nicht packen und mitnehmen.

«Du weißt, Liebling, daß ich ohne dich nicht sein

kann», sagte der Puppenmann. «Nun komm schon, Liebling. Was willst du denn hier bei diesen Leuten? Ich weiß, daß du hier bist. Ich bin ja nicht dumm!» Er lachte. «Die Leute reden zuviel!»

Hester hörte, wie er an der Bettdecke zerrte, und plötzlich kippte seine Stimme. Es wurde die Stimme der Hexe. «Wo bist du, kleines Luder? Ich weiß genau, daß du hier bist! Luder, Luder, Luder!»

Sie hörte, wie er das Bett durchwühlte, und preßte sich noch fester gegen den Boden. Sie wollte ein Stück des Fußbodens werden. Die Bettdecke fiel herab, und ein Zipfel landete gar nicht weit von ihr. Ohne zu wissen, was sie tat, schlüpfte sie darunter.

«Verflucht!» sagte der Puppenmann. «Mein kleines Luderchen ist natürlich unters Bett gekrochen!»

Sie klammerte sich an die Decke, die zur Seite geschoben wurde. Der Puppenmann war jetzt ganz nah.

«Nein, unter dem Bett ist nichts.» Seine Stimme war fast direkt neben ihrem Ohr. Nur eine dünne Decke trennte sie von dem Puppenmann. Sie konnte hören, daß er sich wieder aufrichtete und durchs Zimmer schritt.

«Sie ist natürlich oben. Und doch hat hier Licht gebrannt, bevor alle zu Bett gingen. Und das Bett ist gemacht ... Ich kann nicht im Dunkeln das ganze Haus durchsuchen. Wenn sie mich hört, reißt sie abermals aus ...» Nach einigem Gepolter wurde es endlich still.

Hester lag unter ihrer Decke, als sei sie von ihrem Häkchen im Puppenschrank gefallen und könne nie mehr aufstehen.

Es war still in der Herberge. Man hörte nur das Ticken einer Wanduhr irgendwo im Haus. Totenstill lag sie unter der Decke auf dem Boden.
«Tick», sagte die Uhr. «Tack ... tschick ... tschack.»
Womöglich stand er noch draußen vorm Fenster und wartete, daß sie sich bewegte?
«Schnick ... schnack ...»
Immer mehr Geräusche gesellten sich zum Ticken der Uhr. Draußen ächzten Zweige, und ab und zu erklang ein leiser Plumpser, wenn Schnee herabfiel. Bretter im Haus knarrten. Ging da jemand um? Jemand, der auf dem Weg war zu ihr?
Nein.
Sie war allein.
Sie wollte nicht allein sein. Nicht mehr verfolgt werden. Nie mehr Angst haben.
Falls er noch draußen stand, würde er sie eben fassen. Sie konnte hier nicht liegenbleiben.
Ganz vorsichtig lüpfte sie ein Zipfelchen von der Decke. Da war der Stuhl, den Katerina neben die Tür gestellt hatte. «Du mußt doch selbst die Tür aufbekommen», hatte sie gesagt.
Jetzt hatte sie die Decke ganz abgeworfen.
Sie sprang auf, rannte zum Stuhl und zog an der Klinke. Wie schwer das ging!

Knarrend schwang die Tür auf. Das Geräusch zerriß die Stille, aber es kamen keine glänzenden Stiefel mehr durchs Fenster herein.

Sie huschte durch die Tür. Ein einziges heruntergedrehtes Ölflämmchen im Schankraum brannte, daneben saß Jocriss in eine dicke Decke gewickelt im Sessel und schlief. Sie rannte zu ihm hin, hin zu seinem spöttischen Gesicht und seinem krummen Rücken. Selbst wenn er schlief, war es, als würde er alle auslachen. Aber nicht so wie der Puppenmann. Der Puppenmann haßte alles und jeden. Jocriss nicht, das sah sie ihm an.

Sie mußte ihm erzählen, daß der Puppenmann dagewesen war. Sie mußte ihm alles erzählen.

«Du», flüsterte Hester. Sie wollte ganz laut losschreien, aber es ging nicht. Sie wollte, lebende Puppen könnten weinen. «Du!» sagte Hester.

Jocriss fuhr zusammen und öffnete die Augen. Seine Decke fiel zu Boden. Benommen starrte er Hester an. «Was ist?»

Sie deutete auf ihr Zimmer, die halboffene Tür. Ihr Mund klappte auf und zu, aber sie brachte nicht einen Laut hervor.

Sie sah, wie sich Jocriss' Augen weiteten. Er sprang aus dem Sessel und rannte in ihr Zimmer. Als er wiederkam, mußte er sich erst einmal hinsetzen.

«Er ist hiergewesen», sagte Jocriss.

Hester nickte.

«Ein toller Bursche bin ich», sagte Jocriss. «Das ganze Dorf weiß, daß du zu uns gekommen bist. Wunderbar, Jocriss! Und ein guter Nachtwächter bin ich außerdem. Hier im Sessel einzuschlafen!» Er fluchte.

Hester schüttelte den Kopf. ‹Nicht wütend werden›, dachte sie. «Du», sagte sie, «nein!»

Jocriss fuhr sich durchs Haar. «Wir müssen hier

fort, je früher, desto besser. Er wird ganz bestimmt wiederkommen. Vielleicht noch heute nacht ... oder sonst morgen.» Er dachte nach, schüttelte den Kopf und fluchte noch einmal leise. «Er ist imstande, alles hier kurz und klein zu schlagen», murmelte Jocriss, «wenn er nicht glaubt, daß du fort bist.»

Hester sah ihn an. Sie konnte überhaupt nichts mehr sagen.

«Ich werde einen Brief zurücklassen. Soll er uns doch verfolgen. Mich bekommt er nie! Dieser Schuft!» Er grinste, die Augen halb zusammengekniffen. Aus einem der Schränke nahm er Papier und Bleistift und schrieb.

«Ich lese es dir vor ... Halt, zuerst ...» Er kam zu Hester herüber und hockte sich neben sie. Er sah ihr direkt in die Augen. «Möchtest du mit mir fort? Hast du genügend Mut, mit mir durch die Lande zu ziehen? Möchtest du das?»

Hester dachte an die glänzenden Stiefel und den stinkenden Puppenschrank. Sie sah sich wieder an dem Häkchen hängen. Karels und Katerinas Herberge sah sie vor sich, aber nicht so wie am vergangenen Abend. Sie sah zerbrochene Tische und zerrissene Vorhänge. Den Puppenmann, der nachts mit einer brennenden Fackel näherschlich. Sie sah, wie die Vorhänge Feuer fingen.

«Wenn du nicht willst, denken wir uns etwas anderes aus», sagte Jocriss. Seine Augen blickten jetzt nicht spöttisch.

Hester nickte.

«Etwas anderes?» fragte Jocriss.
«Ich will mit», antwortete Hester, «und zwar sofort.»
«Hör zu, was ich geschrieben habe», sagte Jocriss und strich den Brief ein wenig glatt. «Wirt, ich habe lange genug für einen Hungerlohn bei dir gearbeitet, und daß du dem Maestro die Puppe zurückgeben willst, macht mich wütend!»
Hester erschrak. Unwillkürlich trat sie einen Schritt zurück und schaute nach oben, wo Karel und Katerina waren.
«Das ist natürlich gelogen», erläuterte Jocriss. «Aber so werden sie wenigstens keinen Ärger mit dem Puppenmann haben ...» Er las weiter: «Wir sind auf und davon, und du brauchst gar nicht erst versuchen, uns zu finden. Im nächsten Winter komme ich auch nicht mehr, um bei dir zu arbeiten, so wahr ich Jocriss heiße und einen Buckel habe!»
Er legte den Brief auf den Tresen. «Und jetzt hole ich meine Sachen.»
Er sprang geräuschlos die Treppe hinauf, aber noch ehe Hester begriff, daß sie allein in der nahezu dunklen Schankstube war, noch ehe die Uhr wieder lauter ticktack schlug und die Zweige knackten und der Schnee plumps machte, war er schon wieder da. Auf seinem Rücken hing ein großes Bündel.
«Ich habe immer alles bereitliegen», sagte er. «Für dich habe ich von Katerina ein paar Puppenkleider ausgeborgt. Die hätte sie dir morgen sowieso schenken wollen. Am besten, du ziehst dieses

Kleid über dein Nachthemd und darüber dann diesen Mantel.»

Hester warf Jocriss einen erstaunten Blick zu. Er wirkte fast fröhlich.

Wieder hockte er sich neben sie. «Ja?» fragte er.

«Ja!» sagte Hester. Ein warmes Gefühl stieg in ihr auf. Rasch begann sie sich anzuziehen.

Mit einer Hand langte Jocriss auf seinen Rücken, zum Buckel. Sie sah, wie er oben an seiner Jacke einige Knöpfe öffnete. «Los, steig ein», sagte er.

«Wie bitte?» fragte Hester.

«Ich erkläre es dir später», sagte Jocriss.

Hester kletterte auf seine Schulter, stieg durch die Öffnung und versank mit erstaunter Miene in dem Buckel.

Jocriss nahm einen langen, dicken Mantel vom Haken und schlug ihn sich um. Hester Kopf lugte nur noch ein wenig aus dem Kragen hervor.

«Ab durch die Hintertür», sagte Jocriss. «Und leise sein!»

Dann schlichen sie hinaus.

13

Die ganze Nacht hindurch war Jocriss marschiert, und der Morgen dämmerte bereits.

Ein großer brauner Hund auf dem halbdunklen Bauerngehöft kam auf sie zugestoben. Die Zunge hing ihm aus dem offenen Maul. Hester konnte es deutlich von Jocriss' Rücken aus sehen. Sie versuchte, sich noch tiefer zu verkriechen.

Jocriss sank auf die Knie, und sie spürte, wie er lachte. «Nur ruhig», sagte er, «ich bin's doch.»

Der Hund stemmte alle vier Beine auf den Boden und kam schwanzwedelnd auf sie zugerutscht, so daß der Schnee ihnen um die Ohren stob.

«Komm», sagte Jocriss, «wir wollen dein Herrchen suchen.» Der Hund bellte und sprang um sie her. Für Hester sah es so aus, als ob er lachte. Sie rutschte wieder etwas höher auf Jocriss' Rücken.

An der Rückseite des Bauernhauses, wo das Dach viel niedriger war als an der Vorderseite, öffnete Jocriss eine schmale, niedrige Tür, die mitten in ein großes Tor eingelassen war. Er bückte sich und ging hinein.

Wärme schlug Hester entgegen. Im Dunkel vernahm sie Tiergeräusche.

Jocriss tastete neben der Tür, fand eine Öllampe, und in dem aufflammenden Licht sah Hester den Stall. An einer Seite standen Kühe, und gegenüber waren Heuballen gestapelt.

Jocriss hängte die Lampe an einen dicken Balken und setzte sich auf einen Hocker neben dem Heu. Dann schnallte er sich das Bündel vom Rücken. «So», sagte er und rieb sich die Hände, «ich bin müde.»

Der Hund legte sich, den Kopf flach auf den Boden gepreßt. Mit den Augen verfolgte er jede von Jocriss' Bewegungen, und sein Schwanz ging hin und her.

«Du kannst jetzt herauskommen», sagte Jocriss, und Hester krabbelte aus dem Mantel, bis sie auf seiner Schulter saß.

Er hob Hester herunter. «Vorläufig bleiben wir hier. Aber zuerst werde ich mit dem Bauern reden.»

Hester sah sich um. Der Stall war so groß, und die Kühe hatten ihr allesamt die Köpfe zugedreht. Ganz hinten im Stall war es nach wie vor dunkel. Sie schluckte.

«Hier sind wir sicher», sagte Jocriss augenzwinkernd, «du kannst mir glauben.» Mit großen Schritten entfernte er sich, den Hund auf den Fersen.

Hester setzte sich auf einen Heuballen und holte tief Luft. Sie war ebenfalls müde, obwohl sie nicht einen Schritt selbst gelaufen war.

Einem Schatten gleich waren sie aus der Herberge gehuscht und durch einen baumbestandenen Weg zum Waldrand gegangen. Die ganze Nacht hindurch war Jocriss marschiert, mit raschen und zugleich fast unhörbaren Schritten. Zuerst hatte sie immer den Puppenmann vor sich auftauchen sehen, hinter jedem Baum und nach jeder Kurve. Dann hatte sie einfach die Augen zugemacht, so daß sie nur mehr das dumpfe Knirschen des Schnees unter Jocriss' Füßen hörte und seinen Atem. Sie verstand nicht, wieso sie in seinem Rücken sitzen konnte. Aber es war warm darin, und Jocriss roch gut, ganz anders als der Puppenmann.

Immerzu schweigend war Jocriss weitermarschiert. Natürlich, niemand durfte sie hören. Niemand durfte wissen, wohin sie gingen. Aber es war sehr still und dunkel gewesen.

Woher nahm sie eigentlich den Mut, mit ihm zu gehen? Dann dachte sie wieder an die Stiefel des Puppenmannes neben dem Bett in der Herberge, und sie war froh, daß sie bei Jocriss war, der so wunderbar tanzen konnte und solch merkwürdige Geschichten erzählte.

Hinten im Stall krähte ein Hahn. Durch die Ritzen des großen Tors fielen fahle Lichtstreifen ins Innere. Es wurde allmählich Tag.

Leise ging sie zur Tür und spähte hinaus. Die Sonne ging auf. Ein heller Nebel hing über dem beschneiten Land, wie ein halb durchsichtiger Vorhang, den die Sonne noch beiseite schieben mußte.

«Na, was siehst du?» fragte Jocriss. Sie hatte ihn nicht kommen hören.

«Ich sehe hinaus», antwortete Hester verlegen.

«Stimmt», sagte Jocriss. «Wer durch einen Türspalt späht, schaut meistens hinaus.» Er lachte.

Hester schlug die Augen nieder und wandte sich von der Tür ab. Sie wußte nicht, was sie sagen sollte. Mit der Maus war das Reden so einfach gewesen, aber mit Jocriss ...

Er drückte seine Nase gegen die Tür und spähte durch einen höheren Spalt. «Schön ist es jedenfalls, da draußen.»

«Ja», antwortete Hester verlegen. Sie war froh, daß es Jocriss auch gefiel.

«Aber wir gehen noch nicht hinaus», sagte Jocriss ernst. «Zuerst müssen wir uns einmal unterhalten ... Komm, laß uns nach oben gehen.»

Jocriss ging Hester voraus zu einer schmalen, hohen Stiege in einer der hinteren Stallecken. «Da hinauf», sagte Jocriss. «Schaffst du das?»

Die Tritte waren mehr als halb so hoch wie Hester selbst. Sie zögerte.

«Da oben werden wir wohnen», erklärte Jocriss, «vorläufig jedenfalls. Da wäre es schon praktisch, wenn du selbst die Stiege hinaufkommst ... Es ist immer gut, wenn man etwas selber kann.»

«Ja», sagte Hester und fing an zu klettern.

Auf der Hälfte der Stiege hörte sie Jocriss hinter sich. Er lachte, und mit einem großen Schwung hob er sie hinauf zum Dachboden. «Gnädige Frau, Eure Bleibe. Bitte sehr!»

Der Dachboden überdeckte den Stall nur zur Hälfte, so daß man direkt zu den Kühen hinuntersehen konnte. Es war sehr unaufgeräumt hier. In einer Ecke lag genau wie unten Heu gestapelt, und

Säcke standen aufgereiht. Wagenräder, Werkzeug, Seilbündel lagen herum, so daß es aussah, als habe die Hand eines Riesen alles mögliche dort fallen lassen.

«Hübsch, nicht?» fragte Jocriss. Er hatte einen großen Stallbesen von unten mitgenommen und kehrte schon drauflos. Alles Stroh, aller Staub und sonstiger Unrat flogen in eine Ecke.

Dann schleppte und stapelte er Säcke, bis an der Dachbodenseite, die zum Stall hin offen war, eine kleine Mauer entstand. Er ging die Stiege hinunter und kam kurze Zeit später mit einem Hocker und einer kleinen Kiste wieder. «Nimm Platz», sagte er und drückte Hester mit sanfter Hand auf die Kiste. Die konnte sich nur mehr wundern: Der unordentliche Dachboden verwandelte sich nach und nach in ein kleines Wohnzimmer!

Jocriss rollte das Bündel auf, das er auf dem Rücken getragen hatte. Decken und Kleidungsstücke kamen daraus zum Vorschein. Aus den Decken machte er unter dem schrägen Ziegeldach zwei Betten auf Heumatratzen.

Dann setzte er sich Hester gegenüber auf den Hocker und breitete ein Tuch auf den Boden. Aus einer seiner Taschen holte er einen Kanten Brot und ein Stück Käse hervor. «Von der Bauersfrau», gab er zu verstehen. Von beidem schnitt er ein kleines Stück ab und legte es vor sie auf das Tuch. «Iß!»

Hester war noch immer stumm vor Verwunderung.

«Gut, gut», sagte Jocriss. «Also reden wir zuerst.» Er stand auf und machte eine tiefe Verbeugung. «Ich bin Jocriss, das weißt du mittlerweile. Ich tanze und springe, das hast du schon gesehen. Ich erzähle Geschichten, das hast du schon gehört.» Er grinste.

‹Er hat wirklich Ähnlichkeit mit Häkchen J›, dachte Hester. Sie wußte nicht, was sie sagen sollte, also schaute sie Jocriss bloß mit großen Augen an, woraufhin der sich ein weiteres Mal vor ihr verbeugte.

«Bestimmt willst du wissen, wie du heute nacht gereist bist», meinte Jocriss.

Hester nickte.

«Sieh her», sagte Jocriss. Er zog seine Jacke aus. Darunter trug er noch eine Weste, die er aufknöpfte. Als er sie ablegte, rutschte auch der Buckel von seinem Rücken.

Hester hielt den Atem an.

«Sieh her», sagte Jocriss wieder. Er drehte sich langsam um die eigene Achse. Hester sah nur noch einen ganz kleinen Höcker auf seinem Rücken, und eine Schulter war ein bißchen höher als die andere. Jocriss' Rücken war fast völlig normal.

«Oh», entfuhr es Hester.

Jocriss kniete nieder, den falschen Buckel vor sich. An dessen Innenseite befanden sich Knöpfe, die er aufmachte, so daß eine Klappe aufging. «Das hier ist mein Geheimbeutel», sagte er, «den habe ich immer bei mir, ohne daß jemand es weiß. Ich habe alles mögliche darin.» Mit rascher Hand breitete Jocriss verschiedene Dinge vor sich auf dem Tuch aus.

Hester sah lauter kleine Gerätschaften; ein Seilknäuel, Knöpfe, einen Beutel, der nach Jocriss' Aussage Kräuter enthielt, ein Stück Seife, ein Fläschchen Öl und noch viel mehr.

«Die Klappe ist an der Innenseite angebracht», sagte Jocriss, «auf meinem Rücken. Keiner kann das sehen.» Rasch packte er alles wieder ein. «An der Außenseite ist auch eine Öffnung, mit zwei Knöpfen. Und in meinem Mantel natürlich auch. Darin hast du heute nacht gesessen, oben auf meinen Sachen.»

Er lud sich den Buckel wieder auf den Rücken und machte die Knöpfe zu.

Hester wußte noch immer nicht, was sie sagen sollte. Es war merkwürdig, daß Jocriss sich selbst einen Buckel gebaut hatte.

«Es ist ein Geheimnis», sagte Jocriss, «das wirst du verstehen.»

Hester nickte.

«Ich hatte gesagt, wir würden streunend durch die Lande ziehen», sagte Jocriss ernst. «Aber ich habe heute nacht viel nachgedacht. Nachts geht das immer sehr gut. Ich habe mir gedacht, daß wir zunächst einmal eine Weile arbeiten müssen.» Er sah Hester fragend an.

«Arbeiten?» erwiderte Hester verlegen. Jetzt mußte sie aber wirklich etwas sagen. «Das will ich

gern, aber ... ich kann nicht so viele Dinge.»

«Du tust einfach, was du kannst», meinte Jocriss entschieden. «Und jetzt wird gegessen.» Er zeigte auf das Tuch.

Hester nahm das Brot und den Käse und kaute.

Beim Essen merkte Hester, daß sie tüchtig Hunger hatte, daß schon wieder eine ganze Zeit verstrichen war seit der Suppe in der Herberge. Wieder wärmte es sie von innen, und es machte sie fröhlich.

Als alles aufgegessen war, steckte Jocriss sie ins Bett. «Ein paar Stunden Schlaf», sagte er, «und dann besuchen wir den Bauern und seine Frau.»

Er streifte seinen Buckel ab, legte ihn als Kopfkissen auf sein Bett und kroch unter die Decke. «Schlaf schön!»

«Ja», antwortete Hester. Sie horchte nach den Tieren im Stall. Man konnte die Kühe kauen hören und die Hühner unter ihnen scharren. Ein Tier grunzte, das war bestimmt ein Schwein.

Sie schielte zu Jocriss unter seiner Decke hinüber. Der hatte die Augen geschlossen und schnarchte leise. Sie dachte an seinen Rücken, der fast gänzlich gerade war. Bestimmt schlief er schon.

«Wieso ein Buckel?» flüsterte sie.

Jocriss öffnete ein Auge. Er grinste. «Ein kleiner Höcker besorgt einem lediglich Ärger. Die Kinder rufen dir hinterher. Die Leute reden über dich, weil du nicht völlig in Ordnung bist ...»

«Ja?» meinte Hester fragend.

«Ein großer Buckel ist außerdem manchmal ganz praktisch. Es passen eine Menge Dinge hinein, und je größer der Buckel ist, desto weniger laut trauen sich die Leute zu schimpfen.»

«Das verstehe ich nicht», flüsterte Hester.

«Das brauchst du auch nicht», sagte Jocriss. «Und jetzt wird geschlafen.»

Hester schloß die Augen. Sie dachte an Buckel, und an den Puppenmann. An Karel und Katerina und die Leute in der Herberge. Sie hörte die Kühe und das Scharren und Gackern der Hühner. Auch zwischen den Säcken raschelte es. Der Stall war voller Leben. Draußen erhob sich ein leichter Wind. Der blies ihr den Puppenmann aus dem Kopf, und sie schlief ein.

14

Kinderstimmen ließen Hester aufwachen. Von unten drangen Lärm und Gelächter zum Heuboden hoch, und schon hörte sie Schritte auf der Stiege. Sie setzte sich auf und rieb sich die Augen.

Jocriss war schon auf. Er hatte sich in eine dunkle Ecke hinter der Stiege gestellt und hielt sich einen Finger gegen die Lippen. «Schscht!» machte er.

Ein braunhaariger Kinderkopf erschien über dem Stiegenloch. Verwundert sah er Hester an. «Sie ist wirklich ganz klein», flüsterte der Kopf jemandem hinter sich zu.

«Geh weiter», zischte jemand anderes. «Beeil dich doch endlich, du Faselhans. Gleich kommt Mutter!»

Ein kleiner Junge mit verwunderten Augen kam auf den Dachboden und starrte Hester an. Dahinter kamen noch zwei, so daß plötzlich drei Jungen vor Hester in der Reihe standen.

Sie zog sich die Decke bis unters Kinn. Am liebsten hätte sie sie ganz über den Kopf gezogen.

«Wo ist Jocriss?» fragte der größte Junge. «Wir wollen ihm einmal Mores beibringen!»

«Genau», sagte der Kleinste, «das wollen wir ihm einmal beibringen. Mores!» Er schob den Unterkiefer vor, daß sich seine Unterlippe spannte. Oben fehlten ihm zwei Zähne, was zusammengenommen sehr seltsam aussah.

«Gruselig, was? Wir geben ihm eins auf Dach.»

Obwohl Hester eher nach Lachen zumute war, nickte sie bloß und zog sich anschließend die Decke bis über den Mund.

Sie sah, wie Jocriss sich auf Zehenspitzen von hinten an die Jungen heranschlich.

«Kannst du etwa nicht reden?» fragte der mittlere Junge. Hester fand, daß er nette Augen hatte.

«Sie hat ihre Zunge verschluckt», sagte der Kleinste.

Jocriss war jetzt direkt hinter ihnen. Er zwinkerte Hester zu. Sie ließ die Decke sinken und streckte, ohne nachzudenken, die Zunge heraus.

«Von wegen verschluckt!» brüllte Jocriss. Mit einem Arm hob er den größten Jungen vom Boden und mit dem anderen die beiden kleinen. «Ihr frechen Höllenhunde!»

«Jocriss!» quiekten die Jungs. Hester sah, daß Jocriss sich nicht sehr anstrengen mußte, sie hochzuheben. Sie klammerten sich an ihn wie das Äffchen an den Orgelmann.

«Mores beibringen, was?» schrie Jocriss. «Eins aufs Dach geben, wie? Der arme Bucklige soll wieder Schläge bekommen!» Er schleifte sie zum Heu und warf sie hinein: «Eine Schande für die ganze Familie seid ihr!»

«So ist es», erklang eine Stimme. «Und dasselbe gilt für dich, Jocriss.» Neben dem Stiegenloch stand eine kleine, magere Frau mit einem strengen Gesicht.

Die Jungen kullerten lachend durchs Heu. «Noch mal!» rief der Kleinste.

«Von wegen», sagte die Frau, «jetzt ist Feierabend. Der Bauer hat gesagt, ihr könntet hübsch anständig mit Hester Bekanntschaft schließen, wenn ihr euch dabei benehmt.»

«Entschuldigt, Frau Maaike», sagte Jocriss, aber er grinste.

«Ja, du hast gut lachen», sagte die Bäuerin. «Unsereiner tut sein Möglichstes, um aus diesen Galgenstricken ordentliche Leute zu machen, und du verdirbst alles wieder.» Sie tat einen Schritt auf den Jüngsten zu. «Los, hierher mit euch!»

Die Jungen standen in Reih und Glied vor ihrer Mutter und sahen auf einmal ein ganzes Stück weniger wild aus, fand Hester. Sie hatte eigentlich Lust, genauso breit zu grinsen, wie Jocriss es die ganze Zeit tat. Aber das würde Frau Maaike bestimmt nicht gefallen: Sie wirkte ziemlich ernst. Eigentlich wäre Hester auch gern aus ihrem Bett aufgestanden. So viele Leute ums Bett, das war irgendwie merkwürdig. So etwas Besonderes war sie doch auch wieder nicht!

«Das hier ist Jannes», sagte die Bäuerin. «Zwölf Jahre und damit der Älteste, aber leider nicht der Vernünftigste. Er wird jetzt auf der Stelle die Schafe füttern. Das hätte er schon längst tun sollen.»

«Hallo», sagte Hester.

Jannes lachte und scharrte mit den Füßen.

«Und das hier ist Giel», sagte die Bäuerin. Sie

strich dem mittleren Jungen übers Haar. «Das ist ein Träumer, vor dem nimm dich in acht.»

«Ich bin neun», sagte Giel.

«Der Kleine hier ist Hans. Für einen Fünfjährigen redet er viel zuviel.»

«Unser Faselhans», stichelte Jannes.

«Schafe füttern!» sagte die Bäuerin.

«Fafe schüttern!» sagte Hänschen und strahlte übers ganze Gesicht. «Ich bin schon fast sechs. Du bist aber vielleicht klein!»

«Halt den Mund», wies ihn die Bäuerin zurecht. «Hester, du bist uns herzlich willkommen. Du darfst hier so lange bleiben, wie du willst, und ich werde dafür sorgen ...»

«Nun mal langsam», sagte Jocriss. «Du hast einen vergessen. Unten liegt ja noch einer! In seiner Wiege, und der ist bestimmt nicht der Verkehrteste.»

«Unser kleiner Tiemen», sagte die Bäuerin. «Hester darf kommen und ihn sich ansehen, wenn sie mag ... Und ihr geht jetzt alle mit nach unten. An die Arbeit!»

Als die Jungen verschwunden waren, fuhr sie fort: «Was ich sagen wollte, bevor du mich unterbrochen hast, Jocriss ... Ich werde dafür sorgen, daß Hester es gut bei uns hat.» Sie stemmte die Hände in die Hüften. «Wenn die Jungs frech sind, dann kommst du einfach zu mir! Dann werde ich zusehen, daß der Bauer ihnen die Hosen strammzieht.»

«Ja, Frau Bäuerin», sagte Hester.

«Frau Maaike! Und glaub ja nicht alles, was dieser große Lümmel von Jocriss dir erzählt. Er ist ein Sprücheklopfer, ein Träumer und Phantast. Wenn er nicht so stark und kräftig wäre, würde der Bauer ihn gar nicht hier auf dem Hof haben wollen.» Sie warf Jocriss einen grimmigen Blick zu.

Erstaunt sah Hester von Frau Maaike zu Jocriss. Lachte sie, oder lachte sie nicht? «Ich werde mich ordentlich betragen, Frau Bäuerin», sagte sie leise.

«Ach, mein Kind», antwortete die Bauersfrau. «Was stehe ich denn hier herum und rede.» Sie setzte sich neben Hester aufs Bett und schlang vorsichtig einen Arm um sie, ganz locker, so daß Hester sehr gut hätte wegschlüpfen können, falls sie das gewollt hätte.

«Hör nur ruhig hin, was dein Jocriss dir erzählt. Manchmal sage ich Dinge, die ich gar nicht so meine ...»

«Ja, ja», sagte Jocriss. «Der Bucklige ist bloß gut zum Arbeiten, wie? Schön, daß du es mir einmal direkt ins Gesicht sagst!»

«Mach es nicht zu kompliziert», sagte die Bäuerin. «Das arme Kind ist solche Scherze nicht gewohnt, glaube ich.»

Hester hörte nur halb, was Frau Maaike sagte. Aber sie begriff, daß diese Jocriss nicht böse war, und die Frau hatte sie ihr Kind genannt! Sie schmiegte sich an sie. «Genau wie in der Herberge», sagte sie mit klarer Stimme.

«Was meinst du, Liebes?» fragte die Bäuerin.

«‹Schurken und Halunken›, das hat Jocriss zu den Leuten gesagt, und sie sind nicht böse geworden. Es gab weder Streit noch Prügeleien.» Hester hatte noch nie so viele Sätze hintereinander gesagt, außer natürlich zu der Maus. Sie erschrak.

«Tja», sagte Jocriss und kratzte sich am Kopf.

«Gib gut acht, was die Leute tun», sagte Frau Maaike, «und weniger, was sie so alles sagen. Dann kommst du ganz von selbst dahinter, wie sie sind.»

«Mutter», rief Hänschen von unten, «Tiemen ist wach! Ich glaube, er hat Hunger!»

«Ich freue mich sehr, daß wir jetzt auch ein Mädchen auf unserem Hof haben», sagte die Bäuerin. Sie strich Hester übers Haar und ging hinunter.

Zuerst hatten sie wieder etwas gegessen, und danach hatte Jocriss ihr alles auf dem Bauernhof gezeigt. Die Hühner und die Ziege und das Schwein. Die Kühe natürlich und auch das Pferd, das mit dem Bauern bei der Arbeit war und Baumstämme schleppen mußte. Der Bauer hieß ebenfalls Jannes, aber alle nannten ihn Bauer. Er kam Hester sehr groß vor, er war auch viel größer als Frau Maaike. Wenn die beiden nebeneinander standen, sah das richtig seltsam aus.

Jannes und Giel mußten beim Holzhacken helfen. Beide standen an jeweils einem Ende einer langen Säge und sägten Baumstämme in Scheiben. Jocriss half ebenfalls mit. Mit einer großen Axt hackte er die Scheiben in kleine Stücke.

Hester war zu den Hühnern gegangen. Die anderen Tiere waren ihr zum Streicheln viel zu groß. Die Hühner waren zwar auch nicht klein, aber sie gefielen ihr. Sie ähnelten großen Finken, wenn sie so durch den Stall scharrten und sehr vornehm hier und da etwas vom Boden pickten.

«Riesenfinken», sagte Hester.

«Hühner», meinte Hänschen. Er setzte sich neben Hester. «Das sind Hühner, hast du das nicht gewußt? Du bist aber vielleicht noch klein!»

Hester wollte sagen, daß sie das sehr gut wußte,

daß sie sie bloß an Finken erinnerten, aber Hänschen plapperte schon wieder weiter.

«Woher kommt das? Daß du so klein bist? Bist du wirklich eine Puppe? Das glaube ich nicht.»

«Ich bin eine lebende Puppe!» sagte Hester. Allmählich ärgerte sie sich. Was dachte der kleine Bursche sich bloß? Immerzu sagte er, sie wäre so klein!

«Das glaube ich nicht», sagte Hänschen. «Du bist wie ein ganz kleines Mädchen. Ein Winzmädchen. Sollen wir miteinander raufen? Gegen dich zu gewinnen ist eine Kleinigkeit!»

Hester schob rasch ein Stück von ihm fort.

«Bestimmt kannst du überhaupt nichts, so klein wie du bist», sagte Hänschen und steckte sich einen Finger in die Nase.

Hester wurde jetzt wirklich wütend. Sie konnte im Gegenteil sehr viel! Bestimmt viel mehr als Hänschen. Schauspielern konnte sie, und Kleider nähen. Sich ein eigenes Zuhause einrichten, unter der Erde, und ...

«Kannst ja nix, schnabbeldiebüx», sagte Hänschen und betrachtete den Popel, der an seinem Finger klebengeblieben war. «Ich kann total gut Holz hacken. Noch besser als Jocriss.»

«Und ich kann tanzen», sagte Hester. Wütend sprang sie auf und vollführte ein paar Sprünge. Zuerst war es ein wütender Tanz, aber als sie Hänschens verwunderte Miene sah, wurde sie wieder fröhlich. Sie tanzte den Tanz von dem Platzregen, von der Prinzessin im Kristallpalast.

Hänschen schaute zu und klatschte in die Hände.

Keuchend nahm Hester wieder Platz. «So», sagte sie, «kleiner Faselhans! Ich kann also nichts? Ich bin also zu klein?»

«Das will ich auch lernen!» sagte Hänschen. Er stand auf und machte ein paar Hopser. Auf einem Bein hüpfte er um den dicken Holzpfahl mitten im Stall, der das Dach stützte. «Gut, wie? Gut, was?» Er stolperte und fiel der Länge nach in etwas, das eine Kuh hatte fallen lassen.

«Igitt pfuideibel!» rief Hänschen. «Gleich muß ich unter die Pumpe. Kalt und naß! Himmelherr-

gottsackerment.» Er lachte und kniff beide Augen zu. «Das sagt der Bauer, wenn er glaubt, ich höre es nicht. Nicht der Mutter weitersagen, hörst du, sonst bestraft sie mich. Sapperlot! ... Es ist deine Schuld, häßliche Hester! Willst du es mir beibringen, das verrückte Gespringe?»

«Du bist viel zu groß und tolpatschig», erwiderte Hester lachend. «Und du nimmst den Mund viel zu voll!»

«Stimmt», meinte Hänschen. «Aber das läßt sich nicht ändern. Mutter meint, ich bin so geboren.»

«Ich will schon versuchen, es dir beizubringen», sagte Hester.

«Gut», rief Hänschen. Aber sie tanzten nicht. Sie setzten sich nebeneinander und schauten den Hühnern zu.

«Fiesenrinken», sagte Hänschen.

«Wie bitte?»

«Riesenfinken», sagte Hänschen zufrieden. «Ich bringe dir schon noch bei, wie man plappert ... Weißt du, ich habe ein Huhn!»

«Wirklich?» fragte Hester.

«Es gehört mir.» Hänschen machte auf einmal merkwürdige Geräusche, und ein großes rotes Huhn mit weißen Flecken kam angelaufen. «Mein Huhn», sagte Hänschen. «Schön, nicht?»

Hester nickte.

Hänschen faßte das Huhn und hielt dessen Kopf direkt vor Hesters Gesicht. «Es hat schwarze Augen, siehst du? Hast du auch ein Tier?»

Für ganz kurze Zeit war Hester wieder in ihrem eigenen Zuhause im Wald. Es war, als sähe sie der Maus in die Augen. Sie schluckte. «Ich hatte eine Maus», sagte sie leise.

«Ist sie tot?» fragte Hänschen und setzte sein Huhn wieder hin. Es wackelte dreimal mit dem Kopf und scharrte danach um sie her. Ab und zu sah es zu Hänschen hin, als erwartete es einen Leckerbissen. «Manchmal sterben sie», sagte Hänschen.

Hester erzählte von der Maus in ihrer Wohnung unter der Erde. Daß Schnee gefallen war und sie nicht gewußt hatte, wo die Maus geblieben war. Vielleicht hatte sie auch eine andere Höhle gefunden.

«Wie schade», fand Hänschen. «Aber du darfst auch mein Huhn streicheln.»

Ganz vorsichtig streichelte Hester das Huhn.

Am Abend gab es ein Festessen in der guten Stube des Bauernhauses, weil Hester und Jocriss gekommen waren. Hester saß zwischen Hänschen und Jocriss auf einem Stuhl mit zwei dicken Kissen.

Hester aß und sah dabei Bauer Jannes und Frau Maaike an. Sie wußte, daß sie hier sicher war.

Und Hänschen erzählte ihr genau, wie gut das Essen schmeckte und wie es noch viel besser schmeckte, wenn man sich dabei angeregt unterhielt.

15

Auf dem Bauernhof verging die Zeit viel rascher als in ihrer Wohnung im Wald, so kam es Hester vor. Es war, als würden die Tage schneller dahineilen, als beeilten sie sich, den Frühling einzuholen.

Frühmorgens, wenn die Sonne aufging und der Hahn krähte, standen alle auf. Bauer Jannes sah nach dem Vieh, und später frühstückten sie alle gemeinsam an dem großen Tisch in der Küche. Nur der kleine Tiemen schlief dann noch. Danach ging ein jeder an seine Arbeit. Die Jungen fütterten die Tiere, und Bauer Jannes molk die Kühe. Hester setzte sich oft zu ihm und schaute zu.

Der Bauer war meist ziemlich schweigsam, aber während des Melkens redete er mit den Kühen. Dann saß er auf seinem Hocker, den Kopf gegen den Bauch der Kuh gelehnt und sagte, sie sei ein gutes Tier, eine Grundgute. Und sie könne ganz beruhigt sein, denn schon bald dürfe sie wieder hinaus auf die Weide. Derartige Dinge erzählte der Bauer den Kühen, und das verrückte war, daß man meinen konnte, sie verstünden ihn. Sie drehten die Köpfe und sahen ihn mit ihren großen braunen Augen an, als wollten sie sagen, er habe die schönste Stimme auf der ganzen Welt.

Eine der Kühe brauchte nicht gemolken zu werden, und doch sprach der Bauer jedesmal mit ihr. Es war eine braune Kuh mit schönen weißen

Flecken, sie war etwas dicker als die anderen. Der Bauer klopfte ihr immer auf den Rücken und sagte, es ginge sehr gut und es würde auch nicht mehr lange dauern.

Betje hieß die Kuh, und für Hester war sie etwas ganz Besonderes. Sie sah aus, als würde sie Hester mögen. Als der Bauer eines Morgens fragte, ob sie den Mut hätte, sich auf Betjes Rücken zu setzen, nickte Hester verlegen.

Bauer Jannes hob sie vorsichtig hoch und setzte sie auf den Rücken der Kuh. Von dem Tag an traute Hester sich ganz nah an Betje heran, und wenn diese dann den Kopf senkte, streichelte sie ihr sanft übers Maul.

Jocriss arbeitete die meiste Zeit über auch. Das Holzhacken war schon längst erledigt. Draußen, unter dem großen Vordach der Scheune, lag eine enorme Menge Brennholz aufgestapelt. Er hatte das Dach repariert, alle Werkzeuge des Bauern nachgesehen und die Wagenräder überholt. Jetzt veranstaltete er gerade ein Großreinemachen im Stall. «Wenn du so weitermachst», hatte der Bauer gesagt, «dann habe ich im Sommer keine Arbeit mehr für dich.»

Oft streifte Hester mit Hänschen rund ums Gehöft. Natürlich blieben sie immer in der Nähe, denn daß sie hier war, durfte niemand wissen. Aber auch rings um das Bauernhaus gab es genug zu erleben. Besonders mit Hänschen, der zu allem, was ihm über den Weg lief, eine Geschichte wußte.

Und wenn ihnen nichts Nennenswertes über den Weg lief, fiel Hänschen trotzdem immer etwas ein: eine Schneeballschlacht, eine Schlitterpartie auf der Rutschbahn, die Jannes gemacht hatte, oder Verstecksspielen. Manchmal, wenn er nicht arbeiten mußte, spielte Giel auch mit. Ganz selten auch Jannes, aber der fand die Spiele der Kleinen oft langweilig.

Wenn sie nach Hause kamen, waren sie meistens sehr schmutzig. Trotzdem war Frau Maaike nur ganz selten böse. Allerdings wußte Hester mittlerweile aus eigener Erfahrung, daß das Wasser aus der Pumpe wirklich sehr kalt war. Hänschen hatte recht, sapperlot: Es war vielleicht kalt, wenn die Bäuerin sie unter der Pumpe abschrubbte!

Natürlich wurde auch noch getanzt. Hänschen hatte bereits eine ganze Menge gelernt. Er konnte schon auf einem Bein hüpfen und sich dreimal dabei im Kreis drehen, ohne umzufallen.

Ja, die Zeit verging wundersam schnell auf dem Bauernhof, aber am wunderlichsten fand Hester, daß sie so furchtbar rasch wuchs. Frau Maaike hatte schon viele Male ihre Kleider größer machen müssen, und eines Morgens entdeckte Hester, daß sie schon fast so lang war wie Hänschen. Sie waren zu Jocriss gerannt, und der hatte sehr zufrieden dreingeschaut und gelacht und genickt. «Die frische Luft und das gute Essen», hatte er gemeint. «Und Hänschen», hatte Hänschen gerufen.

Jetzt war es wieder soweit. Sie war schon wieder

aus ihrem Kleid herausgewachsen. Auf Strümpfen huschte sie durch den schmalen Stallflur zu Frau Maaike in die große Küche. Leise öffnete sie die Tür. Vielleicht schlief Tiemen noch. Tagsüber stand seine Wiege in der Küche, da war es immer schön warm. Die letzte Zeit kam sie immer häufiger hierher, um Tiemen zu betrachten und der Bäuerin bei der Arbeit zuzusehen. Aber natürlich auch, um mit ihr zu reden. Die Bäuerin wußte sehr viel, fand Hester. Von Babys und Jungen, vom Kochen, vom Käsemachen und vom Kleidernähen.

Frau Maaike saß am Tisch und hielt Tiemen auf dem Schoß. Sie hatte ihre Weste aufgeknöpft und das Baby an die Brust gelegt. Als sie Hester sah, nickte sie ihr zu und meinte: «Komm nur, Mädelchen.»

Hester setzte sich neben sie und sah zu. Es war angenehm in der Küche. Die Wintersonne schien durch die kleinen Fenster herein, direkt auf Tiemens fast noch kahles Köpfchen. Er hatte die Augen geschlossen, und seine Wangen hoben und senkten sich. Ab und zu ließ sein kleiner Mund die Brustwarze los und machte Milchbläschen.

«Er hat schon fast wieder genug», sagte Frau Maaike.

«Es schmeckt ihm, nicht wahr?» fragte Hester.

«Aber ja.»

«Er wächst gut, nicht?»

«Ja, und du auch, glaube ich», antwortete die Bäuerin und lachte.

«Mein Kleid ist schon wieder zu klein.»

«Das habe ich heute früh schon gesehen», sagte die Bäuerin. Sie nahm Tiemen von ihrer Brust, legte seinen kleinen Kopf gegen ihre Schulter und klopfte ihm sanft auf den Rücken. «Ich habe eine Hose und eine Jacke von Hans für dich bereitgelegt. Dort, auf dem Stuhl.»

«Eine Hose», meinte Hester, «wie praktisch!» Sie zog sich um und sah dann weiter Tiemen zu, während die Bäuerin sich zuknöpfte.

Hester scharrte mit den Füßen über den Boden.

«Tiemen aus sich trinken zu lassen ...» fragte sie, «ist das schön?»
«Hester und ihre Fragen», scherzte Frau Maaike. «Du möchtest aber auch alles wissen, wie?»
Hester schlug die Augen nieder. «Ist das denn nicht richtig?»
«Frag mich nur ruhig ... Manchmal beißt er, und das tut weh. Aber er ist ja mein kleiner Junge.»
«Also ist es doch schön?»
«Kind, du stellst vielleicht schwierige Fragen ... Wenn ich ihm die Brust gebe ... dann ist er einfach ganz nah bei mir. Das ist sehr schön, ja.»
«Er kann aber nichts dafür, daß er beißt», meinte Hester. Nachdenklich sah sie auf ihre neue Hose. Die hatte zuvor Hänschen gehört, und es war, als würde sie auf Hänschens Beine hinabschauen. «Babys schlägt man natürlich nicht, wenn sie beißen», sagte sie. «Sie können ja nichts dafür. Sie wollen ja bloß an ihr Essen, nicht?»
«Ach Mädelchen, nein! Natürlich schlägt man sie nicht!»
«Giel hat aber kürzlich die Hosen strammgezogen bekommen», sagte Hester. «Vom Bauern. Er ist doch auch euer Junge?»
Frau Maaike klopfte Tiemen ein letztes Mal auf den Rücken und legte ihn auf den Tisch. Dann schob sie sein Hemdchen hoch und öffnete seine Windel. «Giel hatte im Stall mit Feuer gespielt! Dabei weiß er ganz genau, daß er das nicht darf. Stell dir nur vor, das Heu wäre in Brand geraten.

Dann hätten wir aber ganz arm dagestanden!»

«Giel ist auch euer Junge», sagte Hester. «Trotzdem hat er Schläge bekommen.»

«Aber jetzt ist es doch wieder gut?» warf Frau Maaike ein. «Der Bauer ist nicht mehr böse, und ich bin nicht mehr böse, und Giel tut es inzwischen auch leid.»

Hester sah zu, wie die Bäuerin Tiemens Popo säuberte. Es stank gar nicht einmal so schlimm. Die Bäuerin hatte ihr erklärt, das käme daher, daß Tiemen noch immer Muttermilch bekam.

«Trotzdem verstehe ich es nicht», sagte sie. «Giel konnte doch auch nichts dafür; bloß geirrt hat er sich. Er sollte alte Sachen verbrennen und hatte vergessen, daß er das draußen machen sollte.»

«Giel ist ein Träumer. Ab und zu weiß er einfach nicht, wo er ist.»

«Er kann doch nichts dafür, daß er ein Träumer ist? Genau wie Tiemen nichts dafür kann, daß er beißt.» Fragend sah Hester zu Frau Maaike auf.

«Der Unterschied ist», sagte die Bäuerin langsam, als müsse sie dabei nachdenken, «der Unterschied ist, daß Giel es besser wissen müßte. Er ist alt genug, es besser zu wissen. Und weil es sehr schlimm ist, was er getan hat, hatte er Strafe verdient ... Es hat uns alle sehr erschreckt, das weißt du doch noch?»

Hester sah das Feuer im Stall wieder aufflackern. Jocriss und der Bauer, die schreiend mit Wassereimern herbeigerannt kamen. Giel hatte danebenge-

standen und anscheinend überhaupt nicht begriffen, was geschah. Wie böse der Bauer gewesen war!

«Und doch mag ich keine Schläge», sagte sie und seufzte.

«Was hätten wir sonst tun sollen? Welche Strafe uns ausdenken? Ohne Essen und mit Schelte ins Bett? Ihn eine Woche lang nicht mehr auf dem Pferd reiten lassen? Du weißt, wie gerne Giel reitet. Das sind viel schlimmere Strafen. Und sie dauern auch viel länger.»

«Ja», sagte Hester, «das stimmt ... Ich habe gesehen, daß der Bauer nicht sehr feste geschlagen hat.»

«Giel hat lauter gebrüllt, als mein Jannes ihn schlug», sagte die Bäuerin und machte die saubere Windel zu. «Und anschließend war alles wieder in Ordnung. Zum Glück ist es noch einmal gutgegangen.»

Hester beobachtete, wie Tiemen bei Frau Maaike auf dem Schoß saß. Vermutlich würde er gleich einschlafen.

«Noch einen Augenblick», sagte die Bäuerin, «dann muß ich wieder an die Arbeit.» Gedankenverloren strich sie Tiemen über den Kopf.

«Ehm», sagte Hester.

«Ja?» Die Bäuerin lachte. «Du hast noch etwas, wie? Ich sehe es dir an!»

«Ist es eigentlich schön, Kinder zu haben?» fragte Hester.

«Was meinst du?»

Hester starrte auf Tiemen. Er sah sehr zufrieden

aus. «Ganz zu Anfang war der Puppenmann auch nett», flüsterte sie, «aber später war er nur noch ekelhaft.»

Frau Maaike runzelte die Stirn. Sie stand auf und legte Tiemen in seine Wiege. Dann nahm sie wieder Platz und musterte Hester aufmerksam. Hester wagte nicht, ihren Blick zu erwidern.

«Mein Jannes ist kein Puppenmann», sagte Frau Maaike ruhig. «Mein Jannes ist ein Vater, und ich bin eine Mutter ...»

«Ja ...» flüsterte Hester. «Ist das schön?» Sie wagte es noch immer nicht, Frau Maaike anzusehen. Eigentlich verstand sie überhaupt nicht, weshalb sie immer weiter solche Fragen stellte. Es war, als ob die Worte aus ihr hervorsprudelten, ohne daß sie sie aufhalten konnte. Als würde jemand anderer die Fragen stellen.

«Manchmal ist das schön und manchmal nicht», sagte die Bäuerin.

«Weil man manchmal schlagen und böse sein muß?»

«Manchmal ist es nicht schön, weil man sich Sorgen macht um die Kinder.» Die Bäuerin sprach jetzt sehr deutlich, so als wisse sie ganz genau, was sie meinte. «Weil man weiß, daß sie später einmal allein zurechtkommen müssen. Weil sie krank werden können, ohne daß man etwas dagegen tun kann.»

«Ja», sagte Hester und dachte an die Maus.

«Es ist auch nicht schön, wenn sie sich streiten

oder dreimal am Tag in Kuhmist landen, weil sie unbedingt tanzen lernen müssen.»

Hester erschrak, aber Frau Maaike lächelte. «Es ist schön», sagte die Bäuerin, «wenn die eigenen Kinder ganz nah um einen sind.»

Still saßen sie nebeneinander, so still, daß man die wunderschöne Wanduhr in der guten Stube ticken hören konnte. Tiemens Atem konnte man auch hören. Er schnarchte ein bißchen.

Wieder fing jemand in Hester an zu reden. «Darf ich zu Euch auf den Schoß?»

«Komm nur, mein Mädelchen», sagte die Bäuerin. «Komm zur Mutter.»

Hester kletterte zu Frau Maaike auf den Schoß.

«Wie groß du schon bist», sagte die Bäuerin.

«Schon fast zu groß?» flüsterte Hester.

«Niemals zu groß, Mädel. Bei Frau Maaike wirst du immer dein Plätzchen haben.» Sie schlug ihren Arm locker um Hester.

Hester legte ihren Kopf an die Stelle, wo Tiemen ein Bäuerchen gemacht hatte. So nah war sie, daß sie ein paar feuchte Milchflecken sehen konnte.

Da kam Jocriss herein. Jocriss, der sie zu Frau Maaike und Bauer Jannes gebracht hatte. Er lachte und nickte, dann nahm er neben ihnen Platz.

Ihre Augen brannten. Merkwürdig, als ob sie weinen müßte. Wie die Prinzessin, als sie vernahm, daß man ihr den Kopf abschlagen würde. Aber ihr Kopf würde nicht abgeschlagen, und weinen, das können lebende Puppen nicht.

16

Von dem Tag an saß Hester noch öfter bei Frau Maaike in der Küche. Sie schaukelte Tiemens Wiege und hatte auch schon bald gelernt, wie sie ihn waschen und frisch machen mußte und wie all die anderen Dinge gingen, die man mit Babys tut.

«Du küßt ihn noch einmal zu Tode», sagte die Bäuerin oft, aber sie lachte dabei.

Hester spielte und beschäftigte sich auch weiter mit Hänschen, aber weniger. «Tiemen stinkt», pflegte Hänschen zu sagen. «Liegt immer nur da, wie die Schweine im Stall. Häßliche, dumme Hester!»

Hester fand das nicht schlimm, denn Hänschen meinte es nicht so. Er sei lediglich eifersüchtig, hatte die Bäuerin ihr erklärt.

Also sorgte sie dafür, daß sie nicht bei der Bäuerin auf dem Schoß saß, wenn Hänschen in der Nähe war.

So vergingen die Tage, und sie wuchs und wuchs. Mittlerweile trug sie schon Hosen von Giel. Mit breit umgekrempelten Beinen, aber immerhin!

Abends ging sie immer schon früh zu Bett. Dabei arbeitete sie gar nicht einmal so viel. «Das kommt vom Wachsen», hatte Jocriss gemeint. Drum fand sie es nicht schlimm, daß die Tage kurz waren. Es gab immer noch genug zu sehen und zu tun. Schade war, daß sie abends nicht mehr so oft mit Jocriss über alles sprechen konnte, was tagsüber geschehen war.

Sie schlief so fest, daß sie nicht einmal mehr hörte, wenn er sich schlafen legte. So fest schlief sie, daß sie morgens nicht einmal mehr wußte, was sie nachts geträumt hatte.

Auch in dieser Nacht schlief Hester, als gäbe es keine Träume. Sie hörte nicht die Geräusche, die aus dem Stall zu ihr heraufdrangen. Wie Jocriss mitten in der Nacht aufstand und vorsichtig die Treppe hinunterschlich.

Ein lautes Brüllen hallte durch den Stall.

Hester schrak hoch in ihrem Bett. Was war das? War da jemand? Sie sah fast nichts auf dem dunklen Dachboden. Unten flackerte ein Flämmchen, und in dem tanzenden Licht entdeckte sie, daß das Bett von Jocriss leer war.

Ihre Augen wurden weit, und sie vergaß zu atmen. Flämmchen? War unten ein Feuer ausgebrochen?

Wieder erklang Gebrüll. Es klang wütend und gleichzeitig, als hätte jemand Schmerzen. Sie hörte eine Stimme unten im Stall.

Sie keuchte. «Jocriss!» schrie sie. «Jocriss!»

Schritte polterten die Stiege herauf. Mit ein paar Schritten war Giel an ihrem Bett. «Es ist Betje», sagte er. «Der Bauer und Jocriss sind bei ihr. Das Kälbchen kommt.»

«Betje?» fragte Hester. Sie starrte auf Giel, während ihre Hände sich in der Bettdecke verkrallten.

«Die Kuh!» sagte Giel. «Die, die du so gerne streichelst. Komm mit!»

Giel lief zum Rand des Dachbodens und setzte sich. Zögernd stand Hester auf, wobei sie ihre Bettdecke hinter sich herzog. Es war kalt. Sie setzte sich neben Giel und zog die Decke halb über sich.

«Sieh nur», sagte Giel.

Im Licht von mindestens vier Öllampen sah sie, daß Betje jetzt in einer Ecke abseits von den anderen Kühen stand. Sie hatte den Schwanz hochgehoben und den Kopf halb zur Seite gedreht. Sie sah hinter sich und brüllte.

Der Bauer stand an ihrem Kopfende, und Hester bemerkte, wie sich seine Lippen bewegten. Hinter Betje stand mit aufgekrempelten Armen und hochrotem Kopf Jocriss. In den Händen hielt er ein Seil.

Wieder brüllte Betje, daß es nur so durch den Stall hallte.

«Sie hat Schmerzen», flüsterte Hester. «Weshalb tut niemand etwas?»

Giel nickte und rückte näher zu ihr. «Nicht mehr lange. Der Bauer hat gesagt, es wäre bald soweit ...»

Betje brüllte noch einmal. Hester sah, daß ihre Hinterbeine zitterten und eine Wellenbewegung durch ihren Bauch ging.

«Da!» rief Giel. Jocriss sah sich kurz um, warf einen Blick hinauf und nickte.

Mit einem Ruck kam etwas hinten aus der Kuh hervor. Wieder brüllte die Kuh, und das Etwas rutschte weiter nach draußen.

«Beine», sagte Hester.

«Klar doch», meinte Giel und warf Hester einen erstaunten Blick zu, den sie nicht bemerkte. «Das Kälbchen kommt.»

«Das weiß ich doch auch», sagte Hester. «Etwas weiß ich doch auch …»

«Ja doch», unterbrach Giel sie verlegen. «Ich wollte auch nicht sagen ….»

«Betje hat Schmerzen!» sagte Hester.

«Ja», antwortete Giel, «das ist oft so. Der Bauer meint, es sei nicht so schlimm …»

Wieder brüllte Betje los, und Hester beobachtete, wie Jocriss mit einer raschen Bewegung den Strick um die Beine des Kalbs schlug.

«Er fesselt ihm die Beine!» Hester schrie es durch den Stall, die Augen weit aufgerissen. «Jocriss!» Der Bauer warf einen ärgerlichen Blick zu ihnen hoch. Jocriss hob bloß kurz die Hand, ohne sich nach Hester umzudrehen, so als wollte er ihr ‹Halt› zurufen.

«Das ist, um Betje zu helfen», zischte Giel. «Gib nur acht!»

Hester konnte nur noch hinsehen, obwohl sie am liebsten die Augen zugemacht hätte.

Wieder durchlief ein Zittern den Körper der Kuh. Der Bauch wellte sich von vorn nach hinten, und Jocriss lehnte sich zurück, das gespannte Seil in den Händen.

«Nicht zu feste ziehen und nicht zu wenig, sagt der Bauer immer», flüsterte Giel.

Noch einmal brüllte Betje durch den Stall, und noch einmal lehnte Jocriss sich zurück. Und noch einmal, und noch einmal. Gerade als Hester glaubte, es nicht länger mitansehen zu können, als Jocriss und Bauer Jannes in dem flackernden Licht wie Fremde auf sie zu wirken begannen, die niemals einer lieben Kuh den Rücken tätschelten, da geschah es.

Es klang, als ob Betje einen tiefen Seufzer ausstieß, und das Kalb rutschte heraus. So einfach, als hätte Jocriss überhaupt nicht zu ziehen brauchen.

Jocriss sprang hinzu und fing den Kopf des Kälbchens auf. Bauer Jannes streichelte Betje übers Maul und murmelte etwas. Dann nahm er eine große Handvoll Stroh und wischte damit das Kälbchen sauber.

Rasch löste Jocriss die Stricke vom Kalb und rieb ihm sanft über die Beine. Betje sah sich mit ihren großen Augen um.

«Mir ist kalt», flüsterte Giel.

«Mir auch.» Aber Hester starrte einfach weiter auf das Kälbchen, das unten auf einem dicken Bündel Stroh lag.

Vorsichtig rückte Giel noch näher an sie heran. Er nahm die Decke, die vergessen hinter Hester zu Boden gerutscht war, und schlug sie um sie beide. «Ist das in Ordnung», fragte er, «daß ich auch ein Stück von deiner Decke abbekomme?»

Hester hörte es nicht. «Sieh mal», sagte sie, «jetzt hebt es den Kopf. Es versucht schon zu stehen.»

«Es ist ein sehr kräftiges Kalb», sagte Giel. «Aber ehe es auf eigenen Beinen steht ... das wird noch eine Weile dauern.»

Hester schaute und schaute. Der Bauer und Jocriss waren noch eine Zeitlang mit Betje beschäftigt. Das Kalb wurde noch einmal gut abgerieben, und noch viel mehr Dinge hatten zu geschehen.

«Schön, nicht?» meinte Hester. Sie konnte ihre Augen nicht von dem Kälbchen wenden. «Sollen wir nicht hinuntergehen, es uns aus der Nähe ansehen?»

«Wenn der Bauer mich sieht, schickt er mich ins Bett», sagte Giel. «Er hat vergessen, daß ich hier oben bei dir sitze.»

Sie blieben still unter der Decke und sahen weiter zu.

«Und doch ist es schade», sagte Hester. Sie sah zu Betje, die zufrieden dastand und fraß.

«Gut, wenn du wirklich so gern hinunter willst ...»

«Nein», sagte Hester leise. «Ich meine, daß es schade ist, daß Betje solche Schmerzen haben mußte.»

«Ja», sagte Giel, «das fand ich früher auch. Aber der Bauer meinte, ich sollte mir nicht so dumme Sachen ausdenken ...» Unter der Decke zuckte er mit den Schultern.

Da erst merkte Hester, daß sie zusammen mit Giel unter einer Decke saß. Sie erschrak und rutschte ein kleines Stück von ihm ab. Seltsam eigentlich, Giel war immer sehr nett. Heimlich warf sie ihm einen Blick zu. Er starrte hinunter.

«Aber es stimmt doch, daß Betje Schmerzen gehabt hat?» meinte Hester.

«Der Bauer meint, die Schmerzen gehören dazu», sagte Giel. «Zum Geborenwerden und zum Sterben ...»

«Na, ich finde, das sollte nicht so sein!» sagte Hester laut.

«Schscht ... gleich hören sie uns noch ...», zischte Giel. «Mir geht es genau wie dir, aber der Bauer will so etwas nicht hören. ‹Du denkst zuviel›, sagt er dann.»

Unter ihnen strampelte das Kälbchen mit den Beinen.

«Es ist wirklich sehr kräftig», sagte Giel.

Das Kälbchen zog die Beine unter sich, reckte wacklig den Kopf in die Höhe, streckte die Vorderbeine und richtete sich halb auf. Dann fiel es wieder ins weiche Stroh.

«Versuch's noch einmal», flüsterte Hester.

Es war, als hätte das Kalb das gehört. Wieder richtete es sich halb auf, doch diesmal wartete es ein Weilchen. Sein Kopf schwankte hin und her. Dann streckte es auch seine Hinterbeine. Und da stand es! Langsam wankte es zu seiner Mutter.

Hester saß ganz still und schaute zu. Wieder brannten ihre Augen so merkwürdig. Sie schüttelte den Kopf.

Jocriss kam mit einem großen Eimer Wasser zurück, in dem der Bauer sich waschen konnte. Er selbst hatte sich bestimmt draußen unter die Pumpe gestellt. Jocriss wusch sich immer allein, und Hester war die einzige, die den Grund dafür kannte. Sie mußte grinsen.

«Giel, marsch ins Bett», brummte der Bauer, ohne hochzusehen. Giel seufzte. Jocriss winkte hinauf und sagte etwas zu dem Bauern.

«Gut, aber nur ganz kurz», sagte der Bauer. «Eine Pracht von Kalb, was, Sohn!»

«Und so kräftig», rief Giel zurück. Seine Augen leuchteten.

Der Bauer ging zur Tür. Er blieb stehen, kratzte sich am Kopf und kam zurück, bis genau zu der Stelle, über der Hester und Giel saßen.

«Hester?» meinte der Bauer.

«Ja, Bauer?» antwortete Hester verlegen.

«Wie soll dieses Kalb heißen?»

Hester starrte nach dem Kälbchen, das sich neben Betje gelegt hatte. Es war fast ganz dunkelbraun, dunkler als Betje, und hatte große Ohren und einen ganz großen Kopf. Betje wandte sich um, so daß es schien, als würden ihre braunen Augen Hester direkt ansehen.

«Maus», sagte Hester leise. «Dieses Kalb soll Maus heißen.»

«Ein merkwürdiger Name», sagte der Bauer und kratzte sich nochmals am Kopf. «Sehr merkwürdig.»

«Maus?» wiederholte Hester.

«Also gut», sagte Bauer Jannes, «sein Name ist Maus.» Er brummte noch etwas und entfernte sich.

17

Als Jocriss heraufkam, saßen Hester und Giel nebeneinander auf Hesters Bett. In ihre Decke gewickelt, sahen sie Jocriss erwartungsvoll an.
Der stellte zunächst die Öllampe auf den Boden. Dann ließ er sich stöhnend auf sein Bett fallen und schloß die Augen. «Uff, und jetzt wird geschlafen.»
«Erst eine Geschichte», sagte Giel fröhlich, «sonst können wir nicht schlafen.»
Hester meinte lächelnd: «Wozu sonst hast du eine Lampe mit heraufgebracht?»
Jocriss kam wieder hoch. «Weil ich so neugierig war, worüber ihr denn gesprochen habt. Es ist mir nicht entgangen. Mein Buckel hat Augen!»
Hester zögerte und warf Giel einen Blick zu. «Daß Betje so viele Schmerzen haben mußte ... Sie hat so fürchterlich gebrüllt.»
«Das stimmt», sagte Jocriss. «Und ...?»
«Der Bauer sagt, das gehört zum Leben», meinte Giel, «und daß man sich keine seltsamen Sachen ausdenken soll.»
«Nein», sagte Jocriss und zog ein spöttisches Gesicht. «Keine Träumereien und keine seltsamen Geschichten, Giel, das gehört sich nicht! So was führt nur zu Problemen!»
«Ich finde Schmerzen nicht gut», beharrte Hester dickköpfig.
«Es war einmal ein Mann», sagte Jocriss geheim-

nisvoll und drehte die Öllampe niedriger, «es war einmal ein Mann, der mochte keinen Schmerz. Also ging er zum Kobold, der tief im Wald wohnt. Er klopfte an die Hütte des Kobolds und bat diesen, ihm zu helfen. Das wollte der Kobold. Aber er warnte den Mann: ‹Du weißt nicht, worum du mich bittest!› Aber der Mann wollte wirklich nie mehr Schmerz empfinden. ‹Gut›, sagte der Kobold, vollführte ein paar seltsame Bewegungen mit den Händen, murmelte einen Zauberspruch und schickte den Mann nach Hause. ‹Du brauchst mir nichts dafür zu zahlen›, hatte der Kobold noch gesagt. ‹Was du dir gewünscht hast, ist schon schlimm genug.›
Als der Mann am nächsten Morgen aufwachte, machte er wie jeden Morgen Feuer. Er rückte ganz nah heran, und wie jeden Morgen wurde seine Hose ganz leicht davon angesengt. Aber diesmal spürte er es nicht. Oben rauchte er sein Pfeifchen, und unten brannte er bereits. Erst als seine Beine ganz verbrannt waren, sah er an sich hinab, aber davonlaufen konnte er da schon nicht mehr.»
Hester fand Jocriss' Grinsen hinterhältig. Wie er Hester und Giel ansah, mit halb zugekniffenen Augen: «Der Mann verbrannte, und sein Häuschen auch, und im Wald seufzte der Kobold.»
«Ich finde das irgendwie blöd», meinte Giel zögernd. «Ich weiß schon, daß man spüren muß, daß der Ofen heiß ist … Wir meinen etwas anderes.»
«Ja», nickte Hester, «etwas ganz anderes.»

«Was meint ihr dann?» fragte Jocriss und lehnte sich zurück.

Giel starrte auf die Öllampe und zuckte mit den Schultern.

«Ich weiß nicht», sagte Hester. «Ich weiß nicht, wie ich es sagen soll.»

«Dann müßt ihr halt nachdenken», sagte Jocriss, verschränkte die Hände hinter dem Kopf, legte sich abermals der Länge nach aufs Bett und schloß die Augen.

Innerlich hörte Hester wieder Betjes Gebrüll. Sie warf Giel einen Blick von der Seite zu. Der starrte noch immer in die Öllampe. Sie dachte an den Puppenmann. Sie wollte nicht an den Puppenmann denken. Dafür war es auf dem Bauernhof viel zu schön. Sie seufzte.

Giel holte tief Luft. «Es war einmal ein Hund», sagte Giel.

«Jaa», meinte Jocriss.

«Der mußte den ... den Karren ziehen», sagte Giel, vor Verlegenheit stotternd. «Und der Mann hat ihn geschlagen, und zwar ständig! Da ging der Hund zu dem Kobold, der im Wald wohnt. Der Kobold wollte ihm helfen. Als der Hund wieder nach Hause kam, hatte der Mann keine Arme mehr ...»

«... so daß er ihn nicht mehr schlagen konnte», ergänzte Hester. Sie nickte. «Das meinen wir.»

Jocriss öffnete die Augen. «Von da an *trat* der Mann seinen Hund.» Wieder fand Hester, daß er sehr gemein grinste.

«Und da ging der Hund wieder zum Kobold ...» hub Giel an. Seine Stimme klang wütend.

Jocriss kam hoch. «Ja, ja, ich verstehe, was ihr meint ... Aber es ging doch um Betje? Der Bauer und ich, wir haben Betje doch nicht absichtlich weh getan?»

«Ja .. nein ...», sagte Giel.

«Oder muß das Kälbchen, muß Maus bestraft werden? Weil sie Betje weh getan hat? Ist Maus vielleicht an allem schuld?»

«Also hör mal!» sagte Hester.

«Es geht nicht allein um Betje», rief Giel. «Wegen Betje haben wir bloß darüber nachdenken müssen, stimmt's, Hester?» Hester nickte.

«Den Mann mit dem Hund gibt es aber wirklich», sagte Giel wütend. «Im Sommer kommt er mit seinem Hundekarren hier vorbei, um Sachen zu verkaufen. Er prügelt das Tier den ganzen Weg lang, so weit ich es sehen kann.»

«Ja», sagte Jocriss.

«Der Hund ist braun», sagte Giel, «und am Schwanz hat er ganz lange Haare.»

«Der Mann hat Strafe verdient», sagte Hester leise.

«Meinetwegen dürfen sie ihm Arme *und* Beine abhacken!» sagte Giel. Sein Gesicht war rot geworden, und er saß auf einmal kerzengerade da. Seine Augen leuchteten im Lampenlicht. «Aber der Bauer hat gemeint, das ginge uns nichts an. Ich solle einfach nicht daran denken.»

«Er müßte es eigentlich besser wissen, der Mann mit dem Hund», flüsterte Hester. «Bestimmt ist er nämlich alt genug.»

Jocriss setzte sich wieder auf. Er zog die Beine an und schlang beide Arme um seine Knie. «Ich weiß eine andere Geschichte. Ich weiß nicht, ob es etwas damit zu tun hat, mit eurem Hund meine ich, aber sie stößt mir gerade so auf.»

«Ja?» fragte Giel.

«Es war einmal ein Junge. Er war der zweite Sohn, und er war ein Träumer und Phantast.»

«Ääh», sagte Giel und zog die Stirn in Falten.

«Manchmal war der Junge derart verträumt, daß er überhaupt nicht mehr wußte, wo er war.»

«Nein», sagte Giel leise, «so eine Geschichte will ich nicht hören.»

«Der Junge hieß Tomès», fuhr Jocriss fort. «So richtig in Ordnung war er nicht. Seine eine Schulter war höher als die andere, und sein Rücken war nicht ganz gerade.»

«Ach», seufzte Giel, «hatte der Junge genau so einen Buckel wie du, Jocriss?»

«Nein nein, sein Rücken war *fast* ganz gerade.»

Hester sah Jocriss ganz still an. Diesmal grinste er nicht und kniff auch die Augen nicht zusammen. Statt dessen hob er eine Hand, als wolle er Giel unterbrechen.

«Die Eltern mochten ihren zweiten Sohn nicht. Manchmal vergaßen sie sogar, daß es ihn überhaupt gab. Er bekam so wenig zu essen, daß er nicht richtig wuchs; so war sein Rücken krumm geworden.

Die Eltern liebten nur ihren ältesten Sohn. Mehr Liebe hatten sie nicht ...»

«Wie kann das sein?» flüsterte Hester.

«Das weiß ich auch nicht», sagte Jocriss. «Manchmal ist es einfach so.»

Er fuhr fort. «Als Tomès größer wurde, verübelten sie es ihm, daß er krumm war. Sie hielten ihn für schwach und für ‹zu nichts imstande›. Seine Mutter strich ihm nie übers Haar, und sein Vater sagte nie: ‹Gut so, Sohn.›»

«Wie schlimm!» sagte Giel.

«Sie taten, als ob er nicht da wäre. Außer wenn er nicht genug arbeitete, dann bekam er Schläge. Aber weil er krumm war und nicht sehr stark, konnte er nicht so arbeiten wie sein Bruder. Also bekam er oft Schläge. Nur in seinen Träumen und Phantasien war Tomès frei. Ist es da verwunderlich, daß er am liebsten träumte?»

«Nein!» sagte Hester.

«Eines Tages träumte Tomès, daß er stark sein wollte. Also begann er zu trainieren. Heimlich, in der Nacht, wenn niemand ihn sehen konnte. Er mußte allein auf dem kahlen Dachboden schlafen, und da übte er mit Steinen. Hob sie auf und legte sie wieder hin. Schwenkte die Arme. Es tat weh. Es krachte in seinem krummen Rücken. Aber es waren andere Schmerzen als die Schläge, die er bekam.»

«Und?» fragte Giel zögernd. Hester ballte die Hände zu Fäusten und sah Jocriss an.

«Tomès spürte, wie er kräftiger wurde. Nachdem er eine lange Zeit geübt hatte, war er sogar stärker als sein Bruder. Selbst sein Rücken schien gerader geworden zu sein; so fühlte es sich jedenfalls an. Aber er zeigte es nicht! Wenn sie dahinter kamen, würde er nur noch mehr arbeiten müssen …

Eines Tages, Tomès war gerade vierzehn Jahre alt geworden, eines Tages verfiel er bei der Arbeit ins Träumen. Er dachte an andere Länder und andere Leute, an alles, was es auf der Welt zu sehen gab. Er merkte nicht, daß sein Vater sich ihm näherte.

Der Vater stieß und schlug ihn nicht. Er sah

Tomès an und sagte nur: ‹Heute abend werde ich dir zeigen, was ich von dir halte.›

Als Tomès an diesem Abend auf seinem Dachboden lag, kam der Vater herauf. In einer Hand hielt er einen kahlweißen Schädel. Es war der Totenkopf eines Menschen. Den stellte er neben Tomès' Bett. ‹Das hier ist der Tod›, sagte er. ‹Ich hoffe, er behält dich immer gut im Auge. Ich hoffe, er kommt bald und holt dich.› Das war das einzige, was er sagte.»

Giel schluckte. Hesters Fäuste waren schon ganz weiß vom Zukneifen.

«Die ganze Nacht lang grinste der Schädel Tomès an. Es war, als würden seine leeren Augenhöhlen ihn verspotten. Dann, bevor die Sonne aufging, ist Tomès fortgegangen und nie mehr zurückgekehrt.»

«Aber», meinte Giel, «wie sollte das denn gehen? Er mußte doch irgendwo wohnen und essen?»

«Es gab andere Leute», sagte Jocriss leise. «Andere Leute, die imstande waren, Tomès zu mögen. Er hat gesucht und sie gefunden. Es hat lang gedauert, sehr lange, aber er hat es geschafft. Nun erzählt er den Leuten seine Träume als Geschichten. Ihr versteht, daß es nicht immer schöne Geschichten sind.»

«Ja», sagte Giel und sah Jocriss forschend an.

Jocriss streckte sich und reckte die Arme. Sein Gesicht war mit einem Mal weniger ernst, Hester konnte es ganz genau sehen. Die kleinen Fältchen neben den Augen kamen wieder und der Anflug seines Grinsens.

«Tjaa», sagte Jocriss, «dieser Tomès darf noch

froh sein, daß er nicht so einen Buckel hatte wie der arme Jocriss. Dann hätte es wohl kein so gutes Ende mit ihm genommen.»

«Mein Vater läßt mich schon träumen», sagte Giel. «Solange ich bloß meine Arbeit nicht vergesse … So wie neulich.»

«Eigentlich glaube ich, der Bauer findet es insgeheim sehr schön, daß sein zweiter Sohn sich ab und zu etwas Seltsames ausdenkt», meinte Jocriss.

«Stimmt das?» fragte Giel. «Glaubst du wirklich?» Sein Gesicht lief rot an.

«Ich bin mir ganz sicher!» sagte Jocriss. «Und jetzt ab wie der Blitz und ins Bett mit dir, sonst bekomme ich noch Probleme mit dem Bauern!»

Giel sprang fast die Treppe hinunter. «Bis morgen, Hester», rief er.

Hester sah still vor sich hin. Jocriss anzusehen wagte sie nicht recht.

Jocriss setzte sich neben sie. Er sagte nichts, sondern schlug nur einen Arm um sie. So saßen sie da, bis Hester wieder Worte finden konnte.

«Du hast diese Geschichte erzählt, um Giel zu helfen», flüsterte sie.

«Tatsächlich?»

«Weißt du nicht auch eine Geschichte, um mir zu helfen?» So leise sagte sie das, daß es nur gut war, daß Jocriss so nah bei ihr saß.

«Ich weiß nicht, ob Geschichten überhaupt helfen können», antwortete Jocriss ernst. «Ich erzähle einfach bloß etwas ... etwas, wovon ich denke, daß es irgendwie paßt ... zu jemandem, der es hören will.»

«Ich glaube, Giel fand die Geschichte passend», flüsterte Hester. «Jedenfalls hat er sich gefreut ...»

Still saßen sie nebeneinander.

«Welche Geschichte würdest du denn hören wollen?» fragte Jocriss.

«Das weiß ich noch nicht», sagte Hester. «Aber wenn ich es weiß, wirst du sie mir dann erzählen?»

«Ich will's versuchen», versprach Jocriss.

18

In diesem Jahr kam der Frühling nicht auf leisen Sohlen herbei. Er kam nicht ganz verlegen mit hier und da einer kleinen Knospe am Baum. Nein, nach ein paar regnerischen Tagen ging morgens strahlend die Sonne auf, und der Frühling war einfach da.

Sämtliche Bäume hatten plötzlich große Knospen und kleine hellgrüne Blätter. Das Gras in den Wiesen war saftiger und grüner, und überall ums Gehöft zwitscherten Vögel.

Das merkwürdige war, daß Hester es kaum bemerkt hatte, so sehr hatte sie in letzter Zeit gearbeitet.

Nachdem Maus geboren war, war alles anders geworden. Hester war jetzt fast genauso groß wie Giel und wuchs nicht mehr so furchtbar schnell. Und weil sie auch nicht mehr so müde war, hatte sie sich an die Arbeit gemacht: die Tiere füttern, für Maus und Betje sorgen, Frau Maaike helfen und noch viel mehr.

Maus gedieh prächtig. Eigentlich hatte Hester einen seltsamen Namen für sie ausgesucht, denn Maus war inzwischen zu einem großen und starken Kalb herangewachsen. Aber wenn Hester ihr in die Augen sah und ihr übers Maul streichelte, wußte sie, daß der Name genau zu ihr paßte.

Tiemen konnte schon sitzen. Sie hatte ihm viel

dabei geholfen. Als sie sah, daß er immer wieder versuchte, sich aufzurichten, und immer wieder zur Seite fiel, hatte sie sich neben ihn gesetzt. «Gut so, Tiemen», hatte sie dann gesagt und ihn angelacht. Als es endlich gelang, hatte Tiemen zurückgelächelt.

Sehr viel hatte sie gearbeitet, und sie konnte jetzt auch Kühe melken und das Pferd striegeln. Jannes hatte Spaß daran, ihr das Bauernhandwerk beizubringen. Er hatte sie sogar gelehrt, das Pferd vor den Wagen zu spannen.

Hester war ziemlich stolz auf sich.

Abends im Bett versuchte sie über die Geschichte nachzudenken, die sie von Jocriss hören wollte. Aber meistens schweiften ihre Gedanken ab zu Maus oder zu Tiemen oder zu ihren Gesprächen mit Giel. Von der harten Arbeit war sie natürlich auch müde, und so schlief sie oft sehr bald ein.

Während des Regens, an den Tagen, bevor der Frühling kam, hatten Hänschen und Giel und Jannes und Hester oft zu viert im Stall gesessen, nach getaner Arbeit und wenn sie nicht nach draußen konnten. Hester hatte von dem Puppenspiel erzählt. Von den schönen Dingen. Von den Stücken, die sie kannte, und allem, was sie auf den Jahrmärkten gesehen hatte.

Hester kam sich ganz außergewöhnlich vor, wenn die drei Jungen ihr zuhörten. Manchmal vergaß sogar Hänschen dazwischenzuplappern. Sie hatte den Jungen einige Stücke vorgespielt, und als sie daraufhin in die Hände klatschten, hatte sie das vor Freude ganz verlegen gemacht.

Aber jetzt war der Frühling gekommen, ohne daß sie es bemerkt hatte, und Hester saß mit Tiemen draußen im Gras auf einer Pferdedecke und schaute voller Verwunderung um sich.

Die Sonne stand am strahlend blauen Himmel, und die Vögel auf dem Dach des Bauernhauses unterhielten sich. Die Birnbäume bekamen schon weiße Knospen.

Tiemen kam näher zu Hester gerollt, und sie zog ihn zu sich auf den Schoß.

«Schön, nicht, Tiemen», sagte sie. «Und alles wird noch viel schöner werden. Wenn bald der Sommer kommt, mit den Schmetterlingen und mit allen Blumen und Äpfeln und Birnen ...»

Tiemen brabbelte etwas und faßte in ihr dunkelbraunes Haar. Es war länger geworden und hatte Locken bekommen.

«Nicht zu feste ziehen», sagte Hester. «Ich möchte meine Haare gern behalten.» Sie machte seine Hand los. Die hellgelbe Joppe, die Frau Maaike eigens für sie genäht hatte, zog sie aus. Dann legte sie sich auf den Rücken und nahm Tiemen auf den Bauch. Er grinste. Aus einem seiner Mundwinkel troff Speichel.

«Du hast gut lachen», sagte Hester. «Eigentlich müßtest du schon längst schlafen.»

Sie wiegte Tiemen auf ihrem Bauch hin und her, und nach einer Weile ließ er sein Köpfchen sinken.

Vorsichtig ließ sie ihn auf die Decke gleiten und legte ihre Jacke über ihn.

Sie sah Tiemen an und den blauen Himmel. Sie stellte sich vor, wie viele Birnen an den Bäumen wachsen würden, und lachte. Später könnte sie pflücken helfen.

Sie lauschte den Vögeln und dachte an Maus im Stall, die schon bald auf die Weide durfte. Und auch an die Maus im Wald. Vielleicht hatte sie sich eine neue Höhle gegraben, oder womöglich war sie auch wieder in ihrer beider Wohnung zurückgekehrt. Sie würde jetzt wirklich nicht mehr hineinpassen! Sie lachte. Vielleicht konnte sie einmal mit Jocriss in den Wald gehen, um nach der großen Rotbuche zu sehen. Hester seufzte. Könnte sie nur immer so in der Sonne liegenbleiben!

Hinter ihr erklangen Schritte. Vorsichtig, um Tiemen nicht aufzuwecken, drehte sie sich um und flüsterte: «Jocriss.» Er setzte sich neben sie.

«Schön, nicht?» sagte Hester leise. Jocriss nickte ernst.

«Wir müssen einmal miteinander reden», sagte er. «Ich muß dich etwas fragen.»

Sie setzten sich ein Stück weiter unter einen der Birnbäume, so daß sie Tiemen im Auge behalten konnten.

«Es ist Frühling», sagte Jocriss. «Eh ...»

«Ja», sagte Hester und sah Jocriss verwundert an.

«Meine Arbeit ist getan. Eigentlich habe ich schon seit einigen Wochen kaum mehr etwas zu tun

… Erst recht nicht, seit du so gut mitarbeitest.»

«Ja?»

«Wenn der Frühling kommt, ziehe ich immer durchs Land, das weißt du, nicht wahr?»

Hester wußte es sehr gut. Jocriss hatte es oft genug erzählt, abends im Bett. Den Herbst und Winter über war er bei Karel und Katerina. Im Frühling und Sommer arbeitete er hier und da bei einem Bauern und besuchte ansonsten die Jahrmärkte und Kirmessen. Dort erzählte er Geschichten, sang seine Lieder und tanzte. Und natürlich schnappte er auch neue Geschichten auf und sah neue Dinge. Sie starrte hinüber zu Tiemen.

«Es ist Frühling», sagte Jocriss wieder. Er schaute so seltsam drein, fand Hester. Als wäre er froh und bekümmert zugleich. Als wüßte er nicht, was er sagen sollte. Dabei wußte Jocriss immer, was er sagen sollte.

«Ja», sagte Hester und glaubte auf einmal zu wissen, was Jocriss wollte. Sie setzte sich auf und preßte die Hände gegeneinander. Jocriss wollte von ihr fort. Seine Arbeit war getan.

«Tiemen», sagte Hester. «Ich glaube, er wird wach.» Sie stand auf, und ohne sich nach Jocriss umzusehen, ging sie zu dem Baby. Sie sah nicht, wie Jocriss auffuhr und ihr verwundert hinterhersah. In ihrem Kopf hämmerte es, und es war, als ob sich die ganze Welt veränderte. Als sähe sie auf einmal alles durch ein naßgeregnetes Fenster. Neben Tiemen kniete sie nieder. Der schlief. Sie drückte sich beide

Fäuste in den Bauch und holte tief Luft. «Ich bin Hester», flüsterte sie, «ich bin groß und stark.» Der Regen verzog sich aus ihrem Kopf, und sie deckte Tiemen noch etwas besser zu. Danach ging sie zurück.

«Es ist gut», sagte sie rasch. Sie sagte die Worte schnell hintereinander, als fürchtete sie, sie zu vergessen, wenn sie langsam sprach. «Du mußt fort. Du hast schon viel zu lange auf mich aufpassen müssen. Ich glaube, ich darf bei Frau Maaike und Bauer Jannes bleiben. Ich bin eine gute Arbeiterin! Ich bin stark geworden! Heute habe ich das Pferd ...»

«Halt!» rief Jocriss, aber Hester plapperte einfach weiter.

«... gestriegelt und die Hühner gefüttert und Betje gemolken, und ich glaube, daß ich bleiben darf. Hoffe ich.» Sie setzte sich ins Gras. Sie betrachtete ihre Hose. Die hatte Frau Maaike auch für sie genäht. Bestimmt würde sie bleiben dürfen.

«Aber ...», sagte Jocriss.

Seine Stimme klang derart seltsam, daß Hester aufsah. Sie versuchte, ihn anzulächeln, aber es gelang ihr nicht.

«Möchtest du denn nicht mit mir kommen?» fragte Jocriss. «Ich hatte gehofft, du würdest mitkommen ... es braucht auch nicht auf der Stelle zu sein. Vielleicht in einer Woche?»

Da war wieder der strahlende Frühlingstag mit zwitschernden Vögeln und einer Sonne, die einen wundervollen Sommer versprach. Hester schmiegte sich an Jocriss und plapperte, als wäre sie Hänschen. Jocriss lachte und strahlte und erzählte, wie sie von einem Dorf zum anderen ziehen, im Heu übernachten und in Herbergen auftreten würden.

An diesem Abend konnte Hester nicht einschlafen. Bei Tisch hatte Jocriss von ihren Plänen berichtet, und Hänschen war sehr böse geworden. Bauer Jannes hatte genickt, und Frau Maaike hatte sich heimlich die Augen gewischt. Giel sagte, er wolle mit, aber damit war der Bauer nicht einverstanden. Ein kleines Abschiedsfest würde es geben, und gegen Ende des Sommers würden sie wiederkommen, um im Heu zu helfen, und ... Es war sehr spät geworden.
Im Dunkel des Dachbodens sah sie, wie Jocriss' Augen glänzten. Er lag auch noch wach. Sollte sie ihn jetzt fragen? Sie grübelte schon eine geraume Zeit darüber nach.
«Jocriss?»
«Ja?»
«Wenn wir alle Dörfer durchwandern und die Jahrmärkte, und die Herbergen ...»
«Ja?»
«Begegnen wir dann nicht dem Puppenmann?»
Sie sah, wie er sich aufrichtete. «Das ist gut möglich.»
«Aber ...»
«Ich bin doch bei dir», sagte Jocriss. «Du

brauchst keine Angst zu haben. Außerdem bist du jetzt so groß, daß er dich gar nicht wiedererkennen würde. Du paßt auch nicht mehr in seinen Schrank. Du könntest wirklich nicht mehr für ihn auftreten. Außerdem können wir uns nicht ein Leben lang verstecken ...»

«Ja», flüsterte Hester, «ja ... das stimmt ...»

«Also in Ordnung?» fragte Jocriss. «Wir gehen auch noch nicht sofort. Erst, wenn du es willst! Sobald du den Mut hast.»

«Gut», sagte Hester. Sie blieb noch lange wach.

Der Dachboden wurde immer dunkler. Sie hörte die Tiere unten und hörte Jocriss atmen. Sie machte die Augen zu und sah sich mit Jocriss, unterwegs von Dorf zu Dorf.

Da war der Jahrmarkt. Überall standen die Wagen und Buden und warteten im Dunkel der Nacht auf den Lärm des folgenden Tages. Hester lachte. Dort war der kleine Mann im Mond, auf dem Zelt des Wahrsagers. Und da, das Zelt der Schlangenfrau. Das wäre hübsch, die Schlangen einmal aus der Nähe betrachten zu dürfen und nicht mehr bloß durch ihr Guckloch im Schrank.

Ihr Guckloch im Schrank! Da stand der Schrank, zur Puppenbühne ausgeklappt.

Sie war wieder im Schrank, war wieder klein und hing an ihrem Häkchen. ‹Nein›, schrie es in Hester. ‹Nein!› Gleich würde er wiederkommen. Es war schon so spät, die Lokale schlossen bereits. Gleich würde er kommen. Sie versuchte, sich freizustrampeln, los von dem Häkchen. Sie mußte fort! Davonlaufen und nie mehr wiederkommen. Denn wenn er kam, dann stellte er die Flasche auf den Tisch, und … Sie wand sich und strampelte. Davonlaufen! Sie zog die Schnüre zum Mund und biß. Sie mußte die Schnüre durchbeißen! Draußen erklang ein Fluch.

«Nein!» schrie Hester, daß es durch den Dachboden hallte. «Nein! Ich muß fort! Fort!»

Mit einem Ruck zog Jocriss die Decke, in die sie sich verwickelt hatte, von ihr. Er sah ihren starren Blick und rief: «Hester! Hester!»

Sie seufzte. «Ich bin kein Ding», flüsterte sie. Langsam wurden ihre Augen wieder normal.

Als sie später auf ihrem Bett nebeneinander saßen, die Öllampe heruntergedreht, erzählte Hester, was für eine Geschichte sie von Jocriss hören wollte.

Und Jocriss erzählte Hesters Geschichte, die nur für sie bestimmt war.

Als er fertig war, nickte sie. «Es ist keine schöne Geschichte», flüsterte sie.

«Sie hilft eigentlich auch nicht ...», sagte Jocriss.

«Eigentlich nicht, nein ... Und doch glaube ich, daß sie paßt ... und ich weiß jetzt auch, was ich mir wünsche.»

«Was denn?»

«Ich will, daß der Puppenmann bestraft wird.»

Jocriss nickte.

19

Es schien, als wolle der verschlungene Pfad durch die Wiesen nie ein Ende nehmen. Dennoch war Hester nicht müde. Sie hatte das Gefühl, als könnte sie mit Jocriss bis ans Ende der Welt gehen.

Eine ganze Woche waren sie schon zum Jahrmarkt der Glasbläser unterwegs. Tagsüber durchquerten sie Dörfer und Wälder und Wiesen, und Jocriss berichtete von allen Orten, die er kannte. Von den Leuten, die dort wohnten, was ihre Arbeit war und mit wem sie in Streit lagen und worüber ... Von den Tieren im Wald erzählte er auch.

Hester glaubte ihm nicht alles. Beispielsweise die Geschichte von dem Mann, der seinem Hund das Sprechen beigebracht hatte, weil er so einsam war. Oder die von dem Müller, der jeden Sonntag seine Windmühlenflügel mit Rosen schmückte, weil er so gern das Nachbarmädchen heiraten wollte. Das

stimmte ganz gewiß nicht. Und daß man dort drüben in dem Eichenwald, den sie umgangen hatten, den Tieren Geld bezahlen mußte, damit sie einen hindurchließen, das stimmte natürlich erst recht nicht.

Aber alle Orte wurden sehr lebendig durch Jocriss' Geschichten. Es war, als würden sie immerzu alten Bekannten begegnen.

Tagsüber wanderten sie, und nachts schliefen sie bei einem Bauern im Heu oder in einer Herberge oder manchmal einfach irgendwo unter einem Baum im freien Feld.

Nicht alle waren freundlich. Manche Leute jagten sie davon und riefen: «Lumpenpack!» Das fand sie schlimm. Aber Jocriss lachte und sagte, sie würden mehr für ihre Kost arbeiten als alle anderen. Und so war es auch. Er arbeitete immer, wenn er irgendwo war, oder er erzählte Geschichten.

Ruhig ging Hester neben Jocriss her. Der summte ein Liedchen. Ein Stück weiter landete ein schwarzweißer Vogel mit einem langen Schwanz mitten auf der Wiese. Majestätisch stelzte er durchs Gras.

«Schöne Elster», sagte Hester.

«Sucht Würmer, der Schmutzfink», sagte Jocriss und summte weiter.

Der Abschied war ein Fest geworden. Zuerst hatten sie alle miteinander in der guten Stube des Bauernhauses gegessen, bei weit geöffneten Fenstern. Abends durften Giel und Hester und Jannes hinter der Scheune ein großes Feuer machen. Als das Feuer richtig brannte, hatte sie all ihre alten Kleidungsstücke hineingeworfen. Die waren ohnehin völlig verschlissen.

Danach hatten sie allesamt um das Feuer gesessen, der Bauer und Frau Maaike und Jocriss auf Stühlen, die übrigen auf Decken im Gras. Sogar Tiemen war dabeigewesen. Sie hatten Wein getrunken, von nur einem Glas war Hester schon ganz schläfrig geworden. Noch später hatte sie die neue Bluse von Frau Maaike bekommen, die mit der Geheimtasche.

Im Gehen fühlte sie rasch unter ihrer Jacke nach der kleinen Tasche in ihrer Bluse. Ja, der Knopf war zu, und das Bucheckerchen war auch noch da.

«Kind», hatte Frau Maaike gesagt, «du hast so oft bei mir in der Küche gesessen und das Bucheckerchen poliert, daß ich dachte, du bräuchtest einen Ort, wo du es aufheben kannst.» Da hatte sie die Bluse bekommen.

Während sie so dahinschritt, dachte Hester oft daran zurück. All die fröhlichen Gesichter um das Feuer, als sie die Bluse auspackte und zunächst nicht verstand. Hänschen hatte ihr die Geheimtasche an der Innenseite gezeigt, und den kleinen Knopf.

Sie hatte überhaupt nichts sagen können, sondern nur gestottert und gelacht. Aber niemand hatte ihr das verübelt.

Heimlich warf sie einen Blick zur Seite, auf den

schiefen Höcker, den Jocriss auf dem Rücken trug. Da paßte sie nicht mehr hinein. Ob Frau Maaike wußte, daß Jocriss' Buckel eigentlich ein Geheimfach war? Daß er praktisch war, hatte sie mittlerweile gemerkt.

Er bewahrte Seife darin auf, so daß man sich in einem Bach waschen konnte, und Werkzeug und Nähgerät. Jocriss hatte schon zweimal einen Riß in ihrer Hose nähen müssen. Dann die wunderbare kleine Flöte, die Jocriss ihr vorgestern zum ersten Mal gezeigt hatte. «Eine Piccoloflöte», hatte er gesagt. «Versuch mal, ob du dazu tanzen kannst, wenn ich auf ihr spiele.» Ihrer Meinung nach war ihr das gut gelungen.

Sie schlugen einen Seitenweg ein, und Jocriss deutete auf einen Baumstamm weiter vorn. Er wühlte zwischen ihren Decken und fand die Papiertüte mit Käse und Brot.

«Wir haben fast alles aufgegessen», sagte er. «Aber wir sind ja auch fast am Ziel. Heute abend schlafen wir draußen, an einem ganz besonderen Ort, und morgen früh brauchen wir bloß noch ein Stündchen zu gehen.»

Hester setzte sich auf den Baumstamm und fing an zu essen.

Es war schon einen Monat her, seit jenem ersten Frühlingstag. Jener Nacht, in der sie so schrecklich geträumt hatte. Am nächsten Tag hatte Jocriss sie gefragt, ob sie wirklich wolle, daß der Puppenmann bestraft würde, und sie hatte genickt.

Dann war Jocriss fortgegangen. Er wollte mit Leuten sprechen und einen Weg finden, den Puppenmann zu bestrafen.

Sie nahm noch einen Bissen und starrte auf die Kühe auf der Weide. Die eine hatte etwas Ähnlichkeit mit Betje.

Eine ganze Woche war Jocriss fortgeblieben. Das war nicht leicht gewesen, aber zum Glück durften Jannes und Giel bei ihr auf dem Dachboden schlafen. Sie lachte.

«Was ist?» fragte Jocriss verwundert.

«Giel redet im Schlaf. Wunderliche Geschichten, die kein Mensch versteht. Aber meistens sehr witzig. Manchmal kichert er nachts derart in sich hinein, daß man mitlachen muß.» Sie sah Jocriss in die Augen. «Giels Träume sind fröhlicher als deine Geschichten.»

«Tja», erwiderte Jocriss leise. «Jeder träumt halt auf seine Art.» Er nahm einen Bissen und starrte in die Ferne.

Hester vergaß weiterzuessen. Dachte er jetzt, daß ihr seine Geschichten nicht gefielen?

«Ich meine», sagte sie, «du könntest manchmal doch auch richtig fröhliche Geschichten erzählen? Die genauso schön sind?» Sie sah Jocriss fragend an.

Er zuckte mit den Schultern. «Vielleicht.»

Hester holte tief Luft. Sie mußte es jetzt einfach fragen. Denn sie hatte während seiner Abwesenheit sehr viel über ihre eigene Geschichte nachgedacht, aber auch über die Geschichte von Tomès. «Du bist jetzt doch Jocriss», fragte sie, «und nicht mehr Tomès? Oder verstehe ich dich falsch? Dann gibt es doch auch fröhliche Geschichten?»

Schnell redete sie weiter, als wolle sie nicht, daß er sie unterbrach. «Ich bin jetzt doch auch Hester und nicht mehr Häkchen B?» Ihre Stimme war immer leiser geworden.

Jocriss bückte sich, um das einzupacken, was von Käse und Brot übriggeblieben war. Langsam rollte er die Decken wieder zu einem Bündel zusammen. «Ich finde meine Geschichten gar nicht so düster», sagte er.

«Ich eigentlich auch nicht», räumte Hester verlegen ein. «Das mit dem sprechenden Hund war sehr witzig.»

«Ich werde wohl immer ein bißchen wie Tomès bleiben. Findest du das schlimm?»

Hester schüttelte den Kopf.

«Würdest du es schlimm finden, immer auch ein bißchen Häkchen B zu sein?» Jocriss hängte sich das Bündel wieder auf den Rücken und erhob sich.

«Ich bin Hester!» sagte Hester und stand ebenfalls auf. Sie schüttelte den Kopf und lächelte. Jocriss erwiderte ihr Lächeln nicht.

«Weißt du», sagte Hester und ging schon voraus. Jocriss mit seinen langen Beinen würde sie leicht wieder einholen. «Auf unserem Dachboden, mit Giel und Jannes, da kann man nachts im Dunkeln wunderbar mit Mehlsäcken werfen. Das hast du nicht gewußt, was?»

Jocriss machte ein paar große Schritte, und gemeinsam setzten sie ihren Weg fort.

Allmählich veränderte sich die Landschaft. Die Wiesen machten der Heide Platz, ab und zu gab es kleine Hügel und Baumgruppen. Der Sandweg stieg allmählich an, und Hester wurde müde.

Morgen war der Jahrmarkt der Glasbläser, dorthin wollten sie.

Als er nach der einen Woche wieder da war, hatte Jocriss erzählt, daß dort eine Frau sein würde, die ihr helfen konnte. Sie hieß Frau Evelinde und war die älteste und beste Puppenspielerin im Land. Sie würde wissen, was mit dem Puppenmann zu geschehen hatte.

Der Puppenmann würde bestimmt auch da sein, denn es war der größte Jahrmarkt nach dem Winter. Aber Jocriss hatte gesagt, daß ihr wirklich nichts zustoßen könne, und Bauer Jannes hatte das auch gesagt.

«Noch ein kleines Stück», sagte Jocriss. «Dann haben wir einen prächtigen Blick.»

Sie waren fast oben auf dem Hügel angelangt. «Jetzt mach mal für kurze Zeit die Augen zu», sagte Jocriss, «und gib mir die Hand.»

Mit geschlossenen Augen kämpfte sich Hester durch den lockeren Sandboden.

«Sieh nur!» sagte Jocriss.

Hester sah, daß der kleine Hügel, den sie bestiegen hatten, auf der anderen Seite steil zu einem Fluß hin abfiel, über den eine Brücke führte. Dahinter lag die Stadt mit roten Dächern, mit Turmspitzen und einem großen, runden Platz in der Mitte. Um die Stadt erstreckten sich Wälder und Hügel, die womöglich genauso hoch waren wie der, auf dem sie stand. All das Grün umschloß die Stadt wie ein Kragen.

«Schön!» rief Hester.

Der Fluß war breit, und viele Schiffe segelten darauf, manche bunt beflaggt. Die meisten waren unterwegs zum Kai, wo Menschen, klein wie Ameisen, damit beschäftigt waren, andere Schiffe auszuladen.

«Das meiste Glas für den Jahrmarkt wird mit Schiffen herbeigeschafft», erklärte Jocriss. «Verpackt in große Kisten mit Holzwolle, damit es nicht zerbrechen kann.»

Sie saßen gegen einen Baum gelehnt und besahen sich das Treiben unten im Tal; die Menschen, die mit Karren über die Brücke fuhren.

Manche Fuhrwerke hatten sogar vier Pferde vorgespannt. Eine Gruppe von Akrobaten zog hopsend und Purzelbäume schlagend am Brücknerhäuschen vorbei. Ein Junge trieb mehr als zwanzig Gänse vor sich her zum Marktplatz. Sie schnatterten durcheinander und schnappten nach den Beinen der Pferde.

«Das wird Ärger geben», meinte Hester. Aber der Junge war viel schneller als der Fuhrmann. Er tauchte einfach unter dessen großen Armen hindurch. Man hörte leise bis hier herauf, wie die Leute lachten und johlten.

So schauten sie, bis die Sonne allmählich sank und die Dämmerung einbrach. In der Stadt wurden nach und nach die Laternen angezündet. Einen Augenblick lang meinte Hester noch, einen großen Mann auf der Brücke zu sehen, der einen Schrank mit kupfernem Bügel auf dem Rücken trug. Aber es war schon zu dunkel. Außerdem wurde es langsam kühl.

Jocriss hatte ihrer beider Decken ausgebreitet. «Morgen brauchen wir uns bloß noch den Berg

hinunterkullern zu lassen», sagte er. «Wir übernachten schön gemütlich hier, nicht in der vollen Stadt da unten.»

Ein Weilchen noch blieb Hester sitzen und dachte nach. Was sollte sie morgen eigentlich tun? Der Puppenmann mußte bestraft werden. Aber wie? Jocriss hatte gemeint, die alte Puppenspielerin werde schon Rat wissen ...

Seufzend kroch sie unter ihre Decke. Jocriss hatte alles so hingebreitet, daß sie die Lichter der Stadt sehen konnte.

Man müßte den Puppenmann an Armen und Beinen festbinden und an einem Häkchen baumeln lassen. Man müßte ihn in einem stinkenden Schrank einsperren, und dann müßte einer fluchen und schimpfen und müßte gegen die Schrankwände schlagen ...

20

Am nächsten Morgen mußte Jocriss dreimal rufen und sie sogar sacht am Ärmel ziehen, ehe Hester erwachte. Das war sonst nie so. Sie wurde immer mit der aufgehenden Sonne wach, manchmal sogar schon vor dem ersten Hahnenschrei.

Sie hatte die Nacht über tief und traumlos geschlafen. Keine Träume vom Puppenmann und seinem Schrank oder vom Jahrmarkt der Glasbläser und dem, was heute alles passieren würde. Trotzdem war ihr das Aufwachen schwergefallen. Sie war so müde, als wäre sie die ganze Nacht vor irgend etwas davongelaufen.

Noch immer war sie nicht richtig wach. Sie waren den Hügel hinabgestiegen und überquerten gerade die Brücke zur Stadt, und der Trubel um sie her erschien ihr wie ein Traum.

Straßenverkäufer schleppten Körbe mit Dörrobst auf dem Rücken. Eine sechsspännige Kutsche fuhr vorüber, in der prächtig gekleidete Damen und Herren saßen. Jocriss und Hester und die Verkäufer und Bettler mußten ihnen Platz machen. Das Eselchen, mit Kisten und Körben beladen, das zuerst nicht auf die Brücke gewollt hatte, mußte von drei Männern beiseite geschoben werden, um die Kutsche durchzulassen. Sein Besitzer fluchte und spuckte auf den Boden, als die Kutsche vorüber war.

Hester sah nachdenklich auf den Mann, der auf

Krücken vor ihr herhumpelte. Ihm fehlte ein Bein. Was würde er auf dem Jahrmarkt tun? Feiern? Oder vielleicht betteln? Immer wieder fiel ihr Blick auf das halbe, an der Unterseite zugenähte Hosenbein. Wodurch er wohl das Bein verloren hatte? Es hatte bestimmt weh getan. Unwillkürlich faßte sie Jocriss' Hand, die sie schon eine ganze Zeitlang festhielt, noch etwas fester.

Nach der Brücke verbreitete sich der Weg, so daß sie schneller vorankamen. Jetzt brauchte sie sich den Beinstumpf nicht länger anzusehen. Sie schaute kurz zu Jocriss hinauf. Stark und fröhlich sah er aus. Wäre sie heute bloß auch fröhlich und stark!

Die Häuser der Straße, durch die sie gingen, waren beflaggt und mit Wimpeln geschmückt. Manche Leute saßen draußen und besahen sich alles, was vorüberzog. In der Stadt herrschte Festtagsstimmung.

Jocriss beugte sich zu ihr herunter, um den Stimmenlärm zu übertönen. «Wir sind früh dran. Sollen wir zuerst noch über den Markt bummeln, bevor wir zu Frau Evelinde gehen?»

Hester nickte.

Auf dem Markt war es noch voller als zuvor auf der Brücke. Die Leute drängten sich um Stände und Buden, und sie mußten sich durch die Menge schieben. Jocriss hatte eine Hand auf den Rücken gelegt, und Hester klammerte sich daran fest. So zwängten sie sich zwischen den Leuten hindurch.

In einer Ecke des Marktes war es etwas ruhiger.

Dort waren weniger Menschen, und die Geräusche kamen Hester bekannt vor. Vogelgezwitscher. Sie zog Jocriss an der Hand und deutete: Käfige mit Meisen, Finken, Nachtigallen und anderen Singvögeln warteten in Reihen aufgestellt auf Käufer. Aber heute war Glasbläsermarkt, und die Vögel interessierten die Leute nicht.

«Ich habe sie oft gesehen, vom Schrank aus», sagte Hester leise. Sie ließ ihre Blicke schweifen, doch die Puppenbühne mit dem Kupferbogen und den Schellen obenauf war nirgends. Jocriss nickte.

Hester steckte einen Finger in einen der Käfige. Sofort flatterte der Vogel wie wild hin und her, so daß sie schon bald einen Schritt zurücktrat. «Eigentlich wollte ich, sie wären nicht hier, sondern im Wald.» Wieder nickte Jocriss, und Hester wandte sich ab. Sie wollte nicht länger zusehen. «Sollen wir die Schlangenfrau suchen?» fragte sie zögernd.

Wieder mußten sie sich durch die Menschenmassen drängen, und Hester kam alles immer merkwürdiger vor. Ihr schien, als wäre sie nicht wirklich hier, auf dem großen Platz mit den runden Pflastersteinen auf dem Boden, und Menschen, Menschen überall. Niemand rief: «Heda, die ist davongelaufen! Packt sie!» Es war, als würden die Leute sie nicht einmal sehen. Manche stießen gegen sie, als wäre sie überhaupt nicht da.

Außer den Vögeln hatte sie noch nichts Bekanntes auf dem Markt wiederentdeckt, obwohl sie doch öfters mit dem Puppenspiel hier gewesen sein mußte.

Direkt vor ihnen ging ein großer Mann in einem schwarzen Umhang. Er hatte ein rotes Gesicht und fuchtelte mit einer Flasche. Sie klammerte sich mit beiden Händen an die Hand auf Jocriss' Rücken und versuchte, sich hinter ihm zu verstecken.

«He, Buckliger», lallte der Mann. «Kenne ich dich nicht? Willst du 'nen Schluck? Heute wird gefeiert!» Er schwankte auf Jocriss zu und fiel halb gegen ihn. Hester mußte Jocriss loslassen und sah, wie dieser sich mit schmerzlichem Gesicht den Ellbogen rieb. Er streckte seine Hand wieder nach hinten, aber Hester schüttelte den Kopf und hielt sich an dem Bündel fest, das auf seinem Rücken hing. So zwängten sie sich weiter durch die Menschenmassen, Jocriss vorneweg wie ein großer Eisbrecher, der einem kleineren Schiff den Weg freimacht.

Eigentlich ging es sich so viel leichter. Sie konnte sich völlig hinter Jocriss verstecken.

«Ich sehe das Zelt der Schlangenfrau immer noch nicht», rief Jocriss. Das war nicht schlimm. Eigentlich wollte sie doch nicht zur Schlangenfrau ... Der Puppenmann baute fast immer seinen Laden neben dem der Schlangenfrau auf.

Sie ging hinter Jocriss her, sah nichts und hörte nur das Stimmengewirr, bis Jocriss auf einmal stehenblieb und in der Menschenmenge eine Öffnung entstand. Sie sah die Bude und verstand auf einmal, was der Jahrmarkt der Glasbläser war und weshalb es alle dorthin zog.

Dort in der Bude war ein gläserner Wald. Auf einem grünen Samttuch standen Bäume und Sträucher und Tiere, allesamt aus Glas. Durchscheinend wie das Wasser im Bach des Waldes, wenn es im Sonnenlicht glänzte. Das Bündel auf Jocriss' Rücken entglitt ihrer Hand, und sie ging zwei Schritte auf die Bude zu. «Oh», flüsterte sie.

Sie sah gläserne Vögel in den Bäumen und gläserne Schmetterlinge, die über dem Grün zu schweben schienen. «Jocriss», flüsterte sie. «Schön, nicht?»

Sie sah nicht, wie hinter ihr die Leute wieder drängten und Jocriss sich weiterkämpfte. Sie stand mit der Brust an die Bude gedrückt und starrte auf den gläsernen Wald. Fast war es, als ob sie wieder oben in einem Baum im Buchenwald säße, sich an einen Zweig klammerte und den Wind auslachte. Aber in diesem Wald stürmte es nicht. Alles stand still und strahlte.

Vorsichtig streckte sie ihre Hand nach einer der kleinen Figuren aus, die unter einem Baum stand. So klein war die, daß sie nicht genau sehen konnte, ob es eine Maus war oder ein Eichhörnchen. «Es ist, als würde es leben, Jocriss», wisperte sie.

«He, Frolleinchen», rief der Mann in der Bude. «Soll es in deinen Händen zerbrechen? Soll alles in die Brüche gehen? Marsch, zurück!» Er lachte den Leuten zu, die Hester umstanden. «Ja, seht nur her! Das Leben in Glas! Die Glasbläserkunst von Meister Torenkwist. Seht her und kauft! Aber werft mir meine Bude nicht um!»

«Jocriss?» sagte Hester. Sie trat einen Schritt zurück und drehte sich um: «Jocriss!»

Da hinten, war das ein Stück seiner grüngelben Jacke? Wild schob sie sich zwischen den Leuten durch. «Zur Seite!» schluchzte sie. «Jocriss!» Sie versuchte zu laufen, aber dafür war es viel zu voll.

«Immer nur ruhig, Mädel», sagte ein Mann, mit dem sie zusammenstieß. Sie hörte es nicht. Halb rennend, halb stolpernd und fallend, zwängte sie sich zwischen den Leuten hindurch, aber eine grüngelbe Jacke sah sie nicht mehr. Sie sah weder einen Buckel noch darüber ein Gesicht, das sich lachend nach ihr umdrehte.

Blind kämpfte sie sich weiter, bis sie Kinderstimmen hörte. Dann blieb sie stehen und konnte einen Moment lang keinen Finger mehr rühren.

«Hurra!» riefen die Kinderstimmen. Sie zerrten an ihr. Sie mußte einfach hin.

«Kopf ab, Kopf ab!» riefen die Kinder. Sie verstand es jetzt ganz deutlich. Dort war das Puppenspiel.

Mitten in einem großen Halbkreis von Menschen stand das Puppenspiel, und vorn saßen Kinder auf dem Boden.

Langsam wie eine Schlafwandlerin trat Hester in den Kreis. Es war nicht wirklich, was heute geschah. Ein böser Traum war es. Jocriss fort ... der Puppenmann ...

Sie gehörte doch nicht hierher zum Publikum? Sie gehörte doch in den Schrank? Häkchen B war die beste Spielerin im Puppenspiel. Sie machte einen Schritt nach vorn.

«Kinder!» brüllte der König im Puppenspiel, «findet ihr auch, daß die Prinzessin Strafe verdient hat?»

«Ja», schrien die Kinder wieder. «Kopf ab!»

Die Prinzessin saß mit bleicher Miene auf dem Thron. Der König rieb sich die Hände, und die Hexe lachte und kreischte: «Selber schuld! Das kommt davon, wenn man nicht tut, was der König befohlen hat!» In einer Ecke weinte der Engel und rang die Hände. Aber er tat nichts, um der Prinzessin zu helfen.

Mit klingenden Schellen kam der Narr herein. «Spannend, was, Kinder?» meinte er. «Jetzt kommt

der Henker, und dann der Tod. Gefällt euch das?»
«Ja!» riefen alle.
«Sollen wir der Prinzessin helfen?» fragte der Narr.
«Nein! Kopf ab!»
Dann kam der Henker.
Hester trat einen Schritt zurück. «Nein!» sagte sie und holte tief Luft. «Nein!» Und sie wußte, daß das hier kein Traum war. Sie war hier, beim Puppenmann. Auf dem Jahrmarkt der Glasbläser mit dem lebenden Wald aus Glas, und Jocriss war fort.

Aber sie wußte auch, daß sie nicht in den Schrank gehörte. Sie war kein Ding mit Schnüren, an denen man ziehen konnte. Sie war Hester.

Mit einem Ruck wandte sie sich ab und tauchte wieder in die Menschenmasse. Sie wollte den Henker nicht mehr schreien und die Hexe nicht mehr kreischen und den Engel nicht mehr jammern hören. Sie mußte Jocriss finden. Zusammen mußten sie zu Frau Evelinde.

Ruhig ging sie über den Markt. Merkwürdig, daß sie so ruhig war. Sie kam wieder an den Vogelkäfigen vorbei. Dort war es noch immer nicht sehr lebendig. Hier konnte sie warten, bis Jocriss sie finden würde. Denn finden würde er sie bestimmt.

An einer sonnigen Stelle neben den Meisen setzte sie sich hin und wartete. «Eines Tages komme ich wieder», flüsterte Hester den Meisen zu, «und dann mache ich eure Käfige auf. Ganz bestimmt!»

Es dauerte nicht lange, da hörte sie die feinen, ho-

hen Töne von Jocriss' Piccoloflöte. Sie lachte. Jocriss wußte immer, was er zu tun hatte. Sie erhob sich und ging auf die Musik zu. Es war der Tanz, den er unterwegs auch für sie gespielt hatte.

Jocriss entdeckte Hester, und seine Augen lachten. Er nickte ihr zu und begann noch einmal mit dem Lied, und Hester begann zu tanzen, zuerst noch zögernd und nervös, aber als sie sah, daß die Leute fröhlich zusahen und sogar in die Hände klatschten, wurde sie mutiger. Sie schwang und drehte und wendete sich zu den Tönen des Liedes, und die Münzen regneten nur so auf das Tuch, das Jocriss auf den Boden gelegt hatte.

Schneller und schneller ging die Musik, bis beide ganz plötzlich aufhörten und sich gemeinsam vor den Leuten verbeugten, so wie sie es geübt hatten.

«Ich hatte mir Sorgen gemacht», sagte Jocriss, während er die Geldstücke einsammelte. «Wo bist du auf einmal gewesen?»

«Da war ein gläserner Wald», sagte Hester. «Da habe ich dich verloren ... Ich habe das Spiel gesehen. Das Puppenspiel.»

Jocriss zuckte zusammen und sah Hester fragend an. Mit niedergeschlagenem Blick sagte sie: «Ich habe nicht mehr so schrecklich viel Angst, glaube ich.»

«Das ist gut», entgegnete Jocriss ernst. «Das macht das, was noch vor uns liegt, etwas weniger schwer. Also los, wir müssen zu Frau Evelinde.»

«Ja», sagte Hester.

21

Über den Bäumen stieg der Mond auf. Sie konnte es genau sehen, denn sie lag unter der großen Rotbuche, ihrer großen Rotbuche. Sie zog die Decke noch etwas fester um sich. Es war eigentlich schon ein wenig zu kalt, um draußen zu schlafen, aber sie hatte es so gerne gewollt.
Jocriss schnarchte.
Morgen würden sie zu Karels und Katerinas Herberge gehen. Sie war nur einen einzigen Abend bei ihnen gewesen, und es war auch schon lange her, aber trotzdem freute sie sich auf ein Wiedersehen.
Natürlich würden sie sie nicht wiedererkennen, und Hester hatte bereits mit Jocriss verabredet, daß sie als erste hineingehen würde. Karel würde wohl hinter dem Tresen stehen, und dann würde sie um ein Glas Wasser bitten und fragen, ob der merkwürdige Bucklige hier nicht mehr arbeitete. Karel würde bestimmt aufbrausen, und dann würde Jocriss hereinkommen und ...
Sie kicherte leise und drehte sich so, daß sie den Eingang der Höhle sehen konnte. Daß sie da jemals hineingepaßt hatte! Eigentlich würde sie sehr gern noch einmal in ihr Zimmerchen sehen ...
Nach dem Jahrmarkt waren sie zu Frau Evelinde gegangen. Dort hatte sie alles erzählt, und Frau Evelinde hatte dafür gesorgt, daß der Puppenmann dem Richter vorgeführt wurde.

Es war schwierig gewesen vor Gericht, besonders als der Puppenmann hereinkam. Trotzdem hatte sie ihre Geschichte erzählt.

Der Puppenmann fürchtete sich vor Frau Evelinde, das war Hester nicht entgangen. Er fürchtete sie noch mehr als den Richter und die Gerichtsdiener. Auch war er ihr längst nicht mehr so groß vorgekommen, sondern eigentlich ganz gewöhnlich. Das hatte sie erschreckt, wie gewöhnlich er aussah. Aber Jocriss meinte, das läge daran, daß sie selbst sich verändert habe.

In der großen Buche seufzte eine Krähe, und irgend etwas raschelte auf dem Boden.

Daß der Puppenmann dem Richter gesagt hatte, daß es ihm nicht leid täte, das fand sie immer noch schlimm. Aber dann war der Richter sehr böse geworden. Er hatte gesagt, es hätte dem Puppenmann leid zu tun, und daß er ihn verurteile. Daß er kein Puppenmann mehr sein dürfe. Zuerst müsse er lernen, Respekt vor dem Leben zu haben. «In den Gärten der Menschen wirst du arbeiten», hatte der Richter gesagt, «bis du den Wert auch des kleinsten Grashälmchens kennengelernt hast.»

Danach hatte Frau Evelinde lange gesprochen, und der Puppenmann hatte mit gesenktem Kopf dagesessen.

Sie tastete unter der Decke nach ihrer Bluse, öffnete den kleinen Knopf und holte das Bucheckerchen und die gläserne Maus hervor. Die hatte sie von Jocriss bekommen; er hatte sie bei der Bude auf dem Jahrmarkt für sie gekauft. Hester legte sie nebeneinander auf die Decke und sah hinauf zum Mond.

Alle Puppen waren zu Frau Evelinde nach Hause gebracht worden. Hester hatte selbst mitgeholfen.

Am Tag, als sie sich von Frau Evelinde verabschiedeten, hatte sie den Puppenmann zum letzten Mal gesehen. Er arbeitete in einem Garten. Als sie ihn dort so sah, ganz gewöhnlich, eine Schaufel in der Hand, da wußte sie, daß alles, was er ihr jemals erzählt hatte, gelogen war. Daß sie ihm gehöre. Daß alles ihre eigene Schuld sei. Daß keiner ihr jemals würde helfen wollen. Daß keiner ihr glauben würde. Alle seine Geschichten waren erlogen. Und als sie das wußte, fühlte sie, daß sie wirklich frei war.

Sie nahm das Bucheckerchen. Es schimmerte im Mondlicht. Ihr erstes Geschenk. Ihr erster Freund.

Morgen abend kamen Frau Maaike und Bauer Jannes mit den Jungen zur Herberge, da würden sie dann alle miteinander essen. Karel und Katerina wußten noch nichts davon, aber Jocriss hatte gemeint, das werde schon in Ordnung gehen. Für jeden hatte sie ein kleines Geschenk aus Glas mitgebracht. Für Hänschen ein schnatterndes Entchen und für Jannes ein Pferd, für Giel ein durchsichtiges Wölkchen und ...

Wieder raschelte etwas. Sie starrte auf den Fuß der Buche. War da etwas? Im Halbdunkel kam eine kleine, spitze Schnauze aus dem Eingang der Höhle hervor.

«Komm ruhig, Maus», flüsterte Hester. «Ich bin's nur.»

Das Tierchen sprang auf und davon.

«Jocriss?» flüsterte Hester. «Eine Maus! Vielleicht war es ja meine Maus!» Doch der drehte sich bloß unter seiner Decke und schnarchte weiter.

Hester sah hinauf zum Mond und zu den Sternen. Am Himmel zog eine feurige Spur entlang. Eine Sternschnuppe.

«Hallo, ihr Sterne», flüsterte sie, «ich bin Hester.» Sie fühlte, wie ihr Tränen in die Augen stiegen.